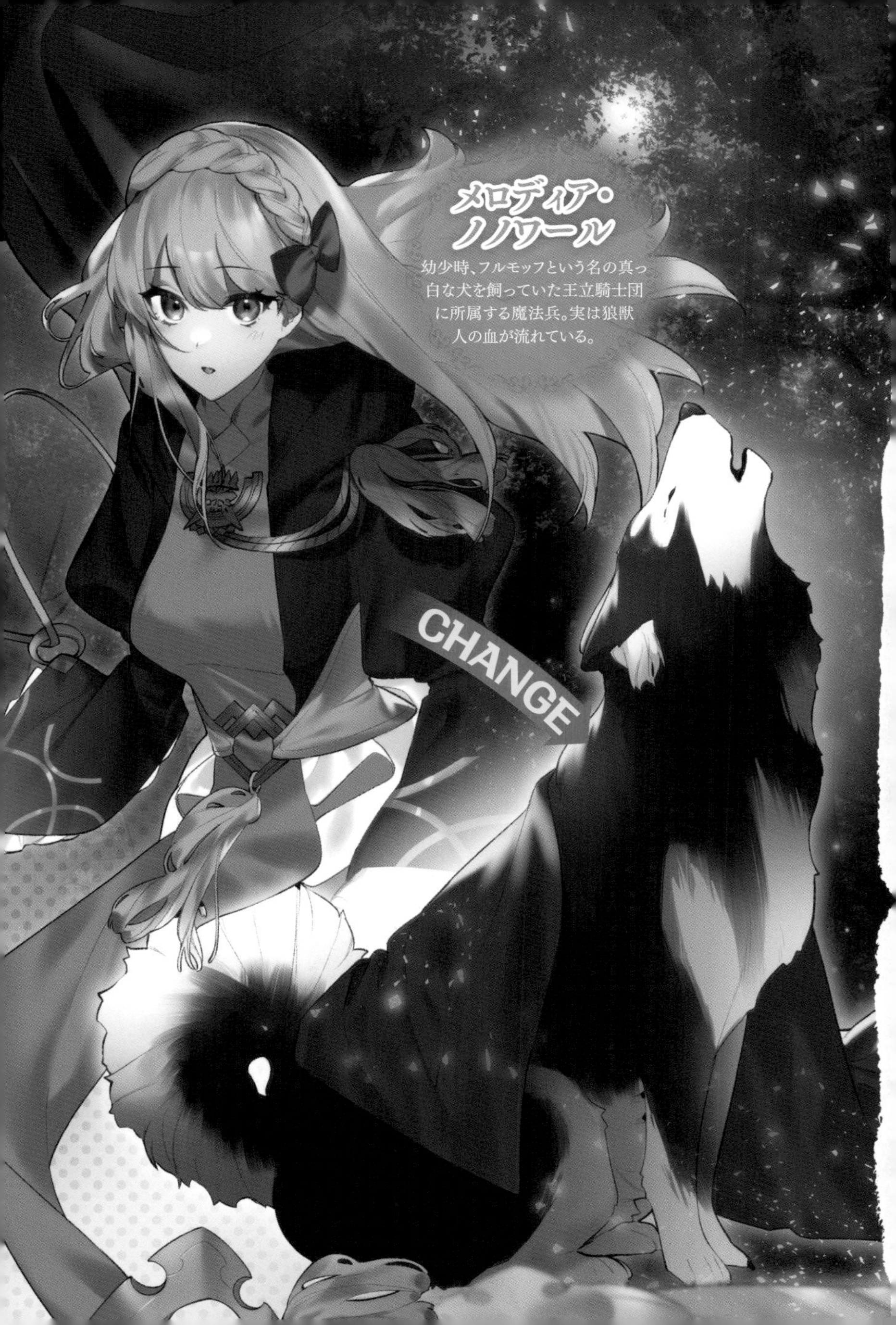
メロディア・
ノノワール
幼少時、フルモッフという名の真っ
白な犬を飼っていた王立騎士団
に所属する魔法兵。実は狼獣
人の血が流れている。
CHANGE

「私の、花嫁にしてやろう」
「えーっと？」

今、求婚された気がしたけれど、気のせいだったのか。
青い瞳は、私に熱烈な視線を向けているように見えるけれど……。

ディートリヒ・
デ・モーリス
フェンリル騎士隊を束ねる、フェンリル公爵家の当主。その身に狼魔女の呪いを受けており、犬の姿となっている。
CHANGE
ギルバート・
デ・モーリス

フェンリル騎士隊のたぐいまれなるモフモフ事情

～異動先の上司が犬でした～

江本マシメサ
イラスト●しの
Mashimesa Emoto　Illustration ● Shino

Contents

The Unusual "MOFUMOFU"
Situation of the Fenrir Knights
-My boss at the Transfer destination was a dog-

プロローグ

私の愛犬だった大切な存在

――私、メロディア・ノノワールには、忘れられない思い出がある。

あれは、十一年前の雨の日の出来事。

七歳だった私は、お使いの帰りに茶色い子犬を見つけた。どうしてか水たまりの中にいて、震えていたのだ。

全身泥だらけで弱りきっているように見えたので、私は子犬を家に連れ帰った。

勝手に拾ってきて怒られるかなと思ったけれど、両親は嫌な顔をせずに「早くお風呂に入れてあげなさい」と言ってくれた。

湯を沸かし、盥《たらい》の中で子犬を洗う。泥を落とすと、真っ白な犬であることに気づいた。瞳は今まで、しょぼしょぼしていて開ききっていなかったが、海のように美しい青である。

弱り切っていた子犬を、私は一生懸命看病した。すると、三日ほどで元気になった。

両親に許可をもらい、子犬を飼い始めることにした。『フルモッフ』と名付け、私は目一杯可愛《かわい》がった。

フルモッフは最初こそ私を警戒していた。けれど、一生懸命看病するうちに懐いてくれて、私が名を呼ぶと「わん！」と返事をする賢い子だった。何をするにも一緒で、お風呂も、眠る時も、遊ぶ時だって離れなかった。

「フルモッフ、私達《たち》、ずっと一緒よ！」

そんなことを話しかけていたのに、フルモッフとの生活は一ヵ月ほどで終わってしまった。ぶかぶかだった首輪を外し、逃げてしまったのだ。両親と共に捜し回り、迷い犬の張り紙も作って貼って回った。けれど、フルモッフは見つからなかったのだ。

泣いて、泣いて、泣いて泣いた。どれだけ泣いても、フルモッフは帰って来ない。

フルモッフとの突然の別れの記憶は、白い布地にインクを一滴垂らしてしまった染みのようにずっと消えてなくならなかった。

十一年経《た》った今でも、白い犬を見かけると、フルモッフではないかと見つめてしまう。この癖は、永遠に治らないだろう。

私のフルモッフは今、どこにいるのか。今も生きていて、幸せに暮らしているのならば、これ以上嬉《うれ》しいことはないだろう。

第一章　狼獣人だったなんて聞いていない！

「――ふっ、面白い娘だ。私の、花嫁にしてやろう」

喋《しゃべ》る大きな犬の花嫁に抜擢《ばってき》される――春。

どうしてこうなったのかと、私は頭を抱え込む。

ここに至るには、深い深い事情があったのだ。

◇◇◇

朝、カーテンの隙間から差し込む朝陽《あさひ》で目覚める。

「ふわ～～……」

まだ眠いけれど、起きなければ。気合いを入れて、上体を起こした。

硬い寝台は、僅かに身じろいだだけでギシギシと鳴る。床は石でひんやりしているので、うっかり素足で触れないよう注意が必要だ。

もう一度、欠伸《あくび》が出る。疲れが取れていないのか、いくら寝ても眠いのだ。

目を覚ますには、顔を洗うのが一番。洗面所に行くと、盥《たらい》の中に水が用意されている。ここは独身寮で、毎朝メイドさんが用意してくれるのだ。

洗面所に置いてあった石鹸《せっけん》をガシガシ擦《こす》るが、安物なのでなかなか泡立たない。たまには、いい石鹸を買いたい。

最近、貴族のご令嬢の間で流行《はや》っているらしい、薔薇《ばら》の香りが含まれる美容石鹸とか。あれならばきっと、ひと撫《な》でしただけでぶくぶくに泡立つだろう。きっと、肌もモチモチになるに違いない。

冷たい水で顔を洗うと、すぐさま眠気が吹っ飛ぶ。ゴワゴワの布で顔を拭いたら、一気に現実に引き戻された。今の後見人のいないこの身では、泡立たない石鹸でも精一杯。薔薇石鹸なんて、買う余裕はなかった。

鏡を覗《のぞ》き込むと、薄い紫色の髪にアーモンド形の緑の目、低くもなく高くもない鼻や、ごくごく普通の唇を持つ自身の姿が映り込む。

少々キツい印象があると言われることもある、いつもの私だ。十八歳と花盛りの年齢であるものの、浮かれている場合ではない。私には、少しでも多くのお金が必要なのだ。

なぜかと言えば、私は天涯孤独の身だから。優しかった両親は、私が十歳の時に事故で亡くなってしまった。両親も共に天涯孤独の身で結婚したので、面倒を見てくれる親戚なんていやしなかった。

その後、孤児院で育った私は、院長先生に魔法の才能を見出《みいだ》される。魔法学校に通い、回復魔法を習得した私は『王立騎士団』の魔法兵になった。

騎士になって三年、私は下っ端ながら任務に参加し、自分の生活は自分で支えるという暮らしをしていた。

騎士の給料は貴族の家でメイドをするよりいいらしい。それもそうだろう。騎士は命を懸け、体を張る仕事だ。ただ給料がいい分、メイドのように長くは続けられない。女性騎士の大半は、二十五になる前に退職するらしい。その理由の多くは、結婚だけれど。

結婚――私に重くのしかかる問題。

このままでは、結婚することは難しい。今の時代、両親もしくは後見人のいない娘は結婚相手として望ましくないのだ。ただ、問題はそれだけではない。

幼少期は両親のように、お互いに想《おも》い合って結婚することに憧れる気持ちがあった。けれど、両親を亡くした今、私は再び家族を失うことを恐ろしく思ってしまう。

そのため、誰かと深い付き合いをすることすらできなくなっていた。

唯一できることといったら、退職後に生活できるようお金を貯《た》めること。日々の節約生活が趣味であるという、悲しい現実があった。

身だしなみにお金を掛けるなんぞ、もってのほか。ただ、常に清潔であればいいのだ。

街中《まちなか》で見かける同じ年頃の女性と同じように、綺麗《きれい》なお化粧をして、流行の服を着て、楽しく遊び回りたい。なんて考えることすら、贅沢《ぜいたく》なのだ。

彼女らとは、住む世界が違う。守ってくれる家族はいないし、仕事ばかりで友達もいなかった。

寂しく、満たされない人生かもしれない。けれど、不幸だとは思っていなかった。

だって、私には健康な体があり、三度の食事が保証されていて、お風呂に入れて、夜には暖かいお布団で眠ることができる。

これ以上の贅沢は、ないだろう。ただ、経済的に余裕がないだけなのだ。

そんな込み入った事情から、薔薇石鹸なんて買っている余裕は欠片《かけら》もないのである。銅貨一枚だって、無駄にできない生活を送っているのだ。

そんな私の宝物は、両親が遺《のこ》してくれた一通の手紙。十歳の誕生日に、成人を迎える十八歳になったら読みなさいと言われていた。今日が、十八歳の誕生日。とうとう私も、成人を迎えた。手紙には、いったいどんなことが書いてあるのか。

読むのは、仕事が終わってからだ。ワクワクする気持ちを抑え、身支度をする。

魔法兵の制服は、騎士というより修道女に近い。ワンピース型で、分厚い紺色の布地には守護の魔法がかけられている。ベレー帽を被《かぶ》り、十字のお守り《アミュレット》を首からさげた。先端に水晶の付いた杖《つえ》を握り、向かった先は食堂。

女性騎士達《たち》は優雅に食事を取るなんてことはなく、好きな料理を好きなだけ食べていいというブッフェ式のスタイル。そのため、人気料理の争奪戦が起きる。

朝食を食べ損ねると、任務に支障が出てしまう。一日の活力を得るためには、肉、魚、野菜を均等に食べなければならない。

列に並んでいるのは、屈強な女性騎士ばかり。私のようなヒョロヒョロの魔法兵は争奪戦にいつも負けてしまう。

今日の戦果は、肉団子が一個に、魚のフライが一つ、野菜の根っこしか浮かんでいないスープ。肉団子が一個あるだけ、いいほうだろう。

テーブルにはパンが山のように積みあがっているので、それでお腹《なか》を満たす。

パンはふかふかの、バターの香りが豊かなものではない。表面は木の皮のごとく、中は岩のように硬いパンだ。これを、スープに浸しながら食べる。慣れないころはそのまま齧《かじ》って、よく口の中を切っていた。今は、そんな間抜けなことなどしない。

よく噛《か》んで、ごっくんと飲み込む。食堂の料理は食べ放題だが、おいしくはない。母が作ってくれたミートパイやパンケーキを恋しく思う時もある。そんな時は、記憶にぎゅっとキツく蓋をしていた。

朝食が終わったら、そのまま職場に向かう。私が所属しているのは、『第十七警邏《けいら》隊』。王都周辺を見回り、危険な場所や人物、魔物が存在しないか確認することを任務とする。

隊員は三十名所属していて、一週間交代で夜勤がある。私は女性騎士ミリー・トールさんが隊長を務める小隊に所属していた。

「ミリー隊長、おはようございます」

「おはよう」

ミリー隊長は男性と見紛《みまが》うほどの長身で、短く刈った黒髪に鋭利な目元という、女性であるが精悍《せいかん》な容姿をしている。

ミリー隊長は現在二十八歳。この年齢まで騎士を務めるには、さまざまな障害もあっただろう。それを感じさせず、カッコよく生きている私の憧れの人だ。

「メロディア魔法兵、きちんと肉を食べているか？　お前は、子鹿のように細い」

「これでも食べているのですが、そこまで痩せているでしょうか？」

「ガリガリじゃないか。今度、肉を食べに連れて行ってやる」

「ありがとうございます」

また、痩せていると言われてしまった。私は、ミリー隊長のように筋骨隆々な騎士になりたいのに、一向に太らないし、筋肉も付きにくい。両親は共に細身だったので、この辺は遺伝なのかもしれない。がっくりとうな垂れつつ、朝礼の列に加わる。

「本日は西の森に、魔物退治にでかける。各自、装備を調え、馬に乗って集合するように」

朝礼が終わると、散り散りになる。皆が一斉に向かう先は厩舎《きゅうしゃ》だ。ここには、第十七警邏隊が共用している馬がいる。個人で馬を所有するなんて、金持ちの貴族か管理職だけだ。下っ端は騎士隊の予算で馬を共用するしかない。

一人しかいない厩番《うまやばん》のおじさんのもとに、十名以上が押しかけるものだから現場は大混乱となる。馬は従順な子から、暴れん坊まで多岐にわたる。皆、大人しく従順な馬に跨《また》がりたいのだ。

ここでも私は、押しの弱さから馬を選ぶ順番が最後になってしまった。

「あの、あの！　私、葦毛《あしげ》の子が――」

「メロディアちゃん、暴れん坊のクロウしか残っていないけれど、大丈夫？」

「ぜんぜん、大丈夫じゃないです……」

暴れん坊のクロウは、先週来たばかりの新しい馬だ。綺麗な黒い毛並みをしていて、しなやかな筋肉を持つ。性格は獰猛《どうもう》で、厩番に咬《か》みつくことも珍しくない。以前は勇敢な騎士の馬として戦場で活躍していたようだ。その騎士が戦死してしまい、主人を失ってしまった。最初は同じように前線で戦う騎士が所属する部隊に異動となったが、誰も跨がることを許さず何人も落馬させた。そのたびに、クロウは別部隊に送られる。

クロウは自尊心が強く、戦死した騎士以外に心を許さなかった。そんな状況の中、殺処分の話が浮上する。そこに、待ったをかけたのがミリー隊長だった。

「いや〜〜、メロディアちゃんが咬まれたり落馬したりしたら、気の毒だ。やめたほうがいい。ほら、これは五日前に咬まれた痕だ」

厩番のおじさんの腕には、くっきりとした歯形が残っていた。クロウに咬みつかれたらしい。

「危険な馬なんだ。他の騎士と交換してもらったほうがいい」

「しかし、私は下っ端なので、難しいでしょう」

「そうか……」

厩番のおじさんが、クロウを厩舎から連れてくる。首をぶんぶんと動かし、誘導する方向へ歩こうとしない。

私は初めて、真正面からクロウと対峙《たいじ》した。

「お、大きい……！」

さすが戦馬、と言えばいいのか。普通の騎士が跨がる馬より、一回り大きかった。

「ど、どうも、初めまして。メロディア・ノノワール、です」

クロウは目を細め、私をじっと見ている。目つきは鋭くて、ぜんぜん可愛《かわい》くない。

けれど、瞳の奥に孤独の色が滲《にじ》んでいるような気がした。この子も、私と同じ、独りなのだ。それを思ったら、胸がきゅんと切なくなる。

「クロウ、今日一日、私に付き合ってくれますか?」

そう問いかけると、クロウは首を垂れた。行動の意味がわからず、厩番のおじさんを振り返った。

「これは、額を撫でてほしいんだ」

ええ～、と言いそうになったが、口から出る前にゴクンと呑《の》み込んだ。大きな馬を撫でるなんて恐ろしいけれど、友好のためにやるしかない。こういう時、怖がると相手も気づいてしまう。だから、思い切ってガシガシと撫でてあげた。すると、クロウは尻尾を高く振っている。

「おお、これはすごい。クロウが、喜んでいる!」

私のかなり踏み込んだスキンシップは大成功のようだ。鞍《くら》も付けさせてくれた。あとは、跨がるだけ。ドキドキしたが、大人しく乗せてくれた。

「メロディアちゃん! 素晴らしい騎乗能力だ」

なんだろう。昔から、動物受けはよかった気がする。忘れもしない最愛の犬フルモッフも、最初は私を警戒していたがすぐに懐いてくれた。

動物受けがいいだけでなく、運もよかった気がする。過去に、支給された兵糧で部隊のほとんどがお腹を壊すなか私だけ平気だったり、財布を落としてもお金を盗まれずに戻ってきたり。クロウに気に入られたのも、運がよかったからだろう。

「大丈夫そうだな」

「はい、なんとか！」

晴れやかに返事したが、そんなに人生上手《うま》く進むものではない。

クロウは、私の命令通り走ってくれた。ただし、戦場を駆けるような爆速で。

「んぎゃああああああああ……!!」

ミリー隊長の馬すら追い越して、先頭を走る。他の馬の後ろを走るような馬ではなかったのだろう。

「おい、私より先を走るな！」

「す、すみませええええん！」

さすがはミリー隊長！　暴走するクロウに追いつき、混乱する私に馬の止め方を教えてくれる。

頭の中が真っ白になっていたので、助かった。幸い、命令通りクロウは止まってくれた。

「やはり、この馬は、騎士団で世話をすることは難しいようだな」

「あ、あの、やはり……処分されてしまうのでしょうか？」

「そうだな。可哀想《かわいそう》だが、仕方がない」

決して悪い子ではない。私の言うことは、聞いてくれる。だったら、私が乗りこなすしかない。

「あの、数日でいいので、私にクロウの世話を担当させてほしいのです。調教さえできたら、この子もきっと騎士団で活躍してくれるはず」

「私もそれを期待したいが……」

ミリー隊長の表情は険しい。無理だと言いたいのだろう。私も、正直無理だと思う。でも、何もしないよりは、精一杯何かをしたほうがいい。だから、食い下がった。

「どうか、お願いいたします」

「わかった。しばらく、世話と調教は任せよう」

「あ、ありがとうございます！」

クロウに「よかったね」と言ったら、歯茎を剝《む》き出しにしながら「ぶるる」と鳴いていた。その様子に笑ってしまったが、ヘラヘラしている場合ではないのだ。

任務を終え、騎士舎へ戻ったあと、私は帰らずにクロウの調教を始める。

獰猛な性格だと言われていたが、そんなことはない。私が跨がる時は大人しいし、暴れることもない。しかし、しかしだ。走るように指示を出すと、途端に爆走してしまう。徹底的に、戦場仕様の馬なのだ。

「クロウ、あなたの走りは素敵だけれど、他の馬に合わせてくれたら、もっと素敵になるかもよ？」

一生懸命伝えるものの、結果は同じ。いつでもどこでも、全力疾走してくれる。

めげずに調教を繰り返す私に、厩番のおじさんが声をかけてきた。

「メロディアちゃん、もう暗くなるから、帰ったほうがいいよ」

「あと少ししたら帰ります。厩舎の鍵も、閉めておきますので」

「いいや、危ないよ。最近、他の騎士も落馬事故があったらしいし、無理はしないほうがいい」

「あと少しだけ、時間をください。どうかお願いします」

必死に食い下がると、厩番のおじさんはなんとか居残りを許してくれた。

「では、鍵を預かりますね」

「ああ、頼むよ」

厩番のおじさんから厩舎の鍵を受け取り、ポケットの中に入れる。

「本当に、怪我《けが》だけは気を付けるんだよ」

「はい！　ありがとうございます」

お腹がぐーっと鳴る。どうせ、急いで帰ってもおいしいものにありつけるわけではない。だから、食事のことは頭の隅においやった。

頬をパンパンと叩《たた》き、気合いを入れる。

騎士舎のほうは、まだ灯《あか》りが点《つ》いていた。きっと、ミリー隊長も残って仕事をしているのだろう。

「よし、もうひと頑張り！」

と、頑張っているうちに、一時間も経《た》っていた。恐らく、食堂には具のないスープに、肉の欠片、揚げ物のカスに、パンも食べにくい端っこしか残っていないだろう。わびしい夕食を想像し、がっくりとうな垂れてしまう。

私も、あと少しだけ。

最低最悪の誕生日だ――そう思った瞬間、ふと気づく。別に、誕生日くらいはおいしいものを食べてもいいのではないかと。

夜市で何かおいしいものでも買って食べようか。そして、眠る前に両親からの手紙を読みたい。

それから三十分ほど調教をして、クロウを厩舎に戻す。鍵は騎士舎の執務室に行って返さなければば。

ふと空を見上げたら、太陽が沈んでいく様子が目に付いた。今日が終わろうとしている。沈みゆく太陽を眺めていると、胸がどくん、どくんと鼓動を打つ。

なぜだろうか。私はこの世界で、ただ独りぼっちなのだと、思い出してしまった。

急に、孤独感に襲われる。

ずっと家族がいない中で頑張ってきたのに、どうして？

今日が誕生日なので、感傷的になっているのか。もう、両親を喪《うしな》ってから随分と経つのに……。

空っぽになった心は、いつまで経っても満たされない。それは、これからもずっと続く。

ここで、立ち止まるわけにはいかない。悲しくても、寂しくても、前に、前に進まなければならないだろう。

強く、在らなければ。

ミリー隊長もまだ残っていて、理由もなく落ち込んでいる私を心配してくれた。

「メロディア魔法兵、どうしたんだ？　元気がないな」

すぐに、言葉が出てこなかった。代わりに、お腹がぐ～と鳴ってしまう。お腹の虫は、いつだって空気を読んでくれない。ミリー隊長の前で、鳴かなくてもいいのに。顔が、カッと熱くなる。

「す、すみません。今までクロウの相手をしていたので、疲れてしまったのかもしれません」

「そうか。メロディア魔法兵、あまり根を詰めないようにな」

「はい。もう、帰ります」

踵《きびす》を返そうとしたが、ミリー隊長に呼び止められる。何かと思えば、執務机に置かれていた一口大のチョコレートが差し出された。

「今日は、よく頑張ったな。これは、ご褒美だ」

「あ、えっと……」

戸惑っていたら、ミリー隊長はチョコレートの包みを開いて、私の口の中へ放り込んだ。

舌の上で濃厚にとろける、とてもおいしいチョコレートである。

「あ、ありがとうございます」

ミリー隊長は心配そうな顔で、私を覗き込む。

「メロディア魔法兵、本当に、大丈夫か?」

「は、い。大丈夫、です。一晩休んだら、元気に、なりますので」

「そうか。ならば、ゆっくり休め」

「はい」

ぺこりと頭を下げて、執務室を出る。どうしてか、先ほどからどくんどくんと動悸《どうき》がする。

危なかった。ミリー隊長にすがりついて、不安を口にしそうだった。彼女はただ、私の体調が悪いのではと尋ねていただけだったのに。

他人に頼ってはいけない。頼れるのは、自分自身だけだ。これまでやってきたみたいに、上手くやっていけるはず。

そう、私は大丈夫。これからも、独りで強く生きていける。

ひとりで……つよく……。

「――ッ、はあっ！」

騎士舎から出た瞬間、胸が苦しくなった。立っていることができず、その場に膝を突く。ここから助けを呼んだら、ミリー隊長に聞こえるだろう。しかし、息が詰まっていて声を出すことができない。

「はあ、はあ、はあ、はあ――ううっ！」

骨が悲鳴をあげているようだった。心臓も、誰かに鷲《わし》づかみにされているような苦しさを覚える。歯も、一本一本抜かれているような痛みが走っていた。

全身が自分のものでないような、感覚に襲われる。

「あ、あ、あ、ああ……！」

これまで、私は健康体だった。仕事も無理はしていないし、睡眠もきちんと取っている。それなのになぜ？

知らないうちに、私の体は病に蝕《むしば》まれていたのか。病は突然やってくると聞いたことはあるが。

「はっ、はっ、はっ……！」

胸を押さえていると、両親の顔が頭に浮かんだ。

両親が、私を迎えにきてくれたのか。成人を迎える、誕生日に。

もう、頑張らなくてもいい。そう思ったら、眦《まなじり》から涙が溢《あふ》れてきた。

「う、うう……」

私は独りではない。両親のもとへ行ける。

しかし、騎士舎の前で死ぬとか、縁起が悪すぎる。せめて、人の目に付かないところで……。

最後の力を振り絞り、立ち上がる。おぼつかない足取りで、騎士舎の裏手にある叢《くさむら》へ倒れ込んだ。

全身の力が抜け、体が軽くなった。苦しさも、綺麗さっぱりなくなった。

「ううっ、ああ――！」

これで、楽になれる。寂しくもない。唯一、クロウのことだけは心残りだけれど……。そんなことを考えているうちに、意識がなくなってしまった。

◇◇◇

――ジーワジーワ、ジーワジーワ。

虫のオーケストラが、爆音で響き渡っていた。ここは、最前列なのか。音が、あまりにも大きすぎる。

「うう……」

瞼《まぶた》を開くと、まんまるの月が空に浮かんでいた。

「わっ！」

暗色の空に、漂う雲。紛《まが》うかたなき、夜だ。

ぼんやりと月を見つめていたが、だんだんと意識がはっきりする。

私は、生きていた。突然の発作で、帰らぬ人になったと思い込んでいたけれど。

秋の最中、外で爆睡していたなんて恥ずかしすぎる。騎士舎の前で倒れなくて本当によかった。

先ほどの苦しさは、綺麗さっぱりなくなっている。むしろ、体は軽い。今にも、跳びはねたいような気分だ。

というか、跳びはねたい。跳びはねよう。

私は立ち上がり、その場で跳びはねた。今までにないほど、跳び上がっているような気がする。

どれだけ高く跳んでも、着地をしたときに脚が痺《しび》れることはない。なんだか、靴底にクッションがついているようだった。

ふわ、ぴょこん、ふわ、ぴょこんと、跳んでは着地を繰り返していた。

だんだん楽しくなって、叫んでしまう。

「わお～ん！」

謎の、鳴き声付きで。

「わお～ん？」

ここで、違和感を覚える。まず、声がおかしい。普段よりも、低いような。そして、もれなく視界も低かった。暗闇の中にいるのに、視界ははっきりしていた。いつもだったら、灯りがないと見えないのに。

ど、どういうこと？

それに、なぜか四《よ》つん這《ば》いになっている。二本の脚で立ち上がることができない。

「わう？」

――わう？

あれ？　と発音したはずなのに、変な声しか出ない。

「わう、わうわう？」

なんだこれは？　発作で、おかしくなってしまったのか？

ジタバタしていたら、ふと視界に謎の物体が映った。犬のような、毛深い脚である。

「うう？」

グーパー、上下、右左。犬の脚は、私の意思によって動いていた。ありえないことが脳裏を過《よぎ》り、さっと血の気が引く。

私が手だと思っていたものを、頭のほうへと持っていく。いつも耳がある場所には、何もない。

さらに、上へ上へと移動させていく。すると、ピコンと立っている耳のようなものに触れた。

鼻先は、長い。口を開くと、鋭い牙のようなものにも触れた。

尻尾とか、ある？　意識すると、お尻のほうでゆらゆらと揺れるものを感じた。間違いなく、尻尾だろう。

まだ、確認するまで信じることはできないけれど――私、もしかして犬になっている？

そんな、まさか、ありえない。

どうして、人である私が、犬の姿になってしまったのか。

身じろぐと、足元に騎士団の制服が落ちていることに気づいた。

「ひっ！」

今、私は全裸のようだ。急いで服を集めて着ようとするが、犬のような脚では上手く着ることができない。

ここで、人の気配を感じた。

「この辺りで、犬のような鳴き声が聞こえただと？」

「厩舎に鍵がかかっているか確認に来た途中に、聞いたんだ」

ミリー隊長と、厩番のおじさんの声だ。

どうしよう。どうすればいいのか。とりあえず、服は叢に押し込む。どこかへ逃げなければ。慌てていたので、ガサゴソと葉音を立ててしまった。

「あ、いた」

「下がっていろ。狼《おおかみ》かもしれない」

狼という単語に、ギクリとする。獰猛な狼が人里に下りてきて、家畜や人を襲う被害が出ていたのだ。

もしも狼だと判断されたら、ミリー隊長に殺されてしまう。

どうしよう、どうしよう、どうしよう。

慌てた状態で考え、浮かんだのは――お腹を上にした服従のポーズを見せることだった。

剣を構えたミリー隊長が、叢の中を覗き込む。目が合ったので、ひと声鳴いてみた。

「わお～ん」

おまけに、尻尾もぶんぶん振っておく。全力で、友好感を出そうとしていた。立っていた耳も、ぺたんと伏せられる。

ミリー隊長の目がカッと見開く。敵意がないことは、伝わっているのか。

「隊長さん、狼でした？」

「いや…………ただの、犬だ」

服従のポーズと懇願のひと鳴きのおかげで、無事に犬と判断された。心から安堵《あんど》する。

だが、まだ安心はできない。引き続き、尻尾を振って愛嬌《あいきょう》を振りまいておく。

「しかし、どうして犬が迷い込んだのかねえ」

「さあ？」

原因の追及はいいから、早くここから立ち去ってほしい。その願いは、別の形で出てしまう。

ぐう～～～っ……。

大きなお腹の音が、暗闇の中に響き渡った。

厩番のおじさんは目が点になり、ミリー隊長はハッとする。

「腹が、減っているのか？」

「……わう」

そうだ。私は空腹だ。夜市においしいものを食べに行こうと思っていた矢先の不幸だったのだ。

夜市の料理が、走馬灯のように甦《よみがえ》ってくる。タレを付けて香ばしく焼いた串焼き肉に、パリパリの皮がおいしい魚の塩串焼き、甘酸っぱい果物の飴《あめ》絡めに、もちもちのお団子も食べられない。悲しくなってきた。じんわりと浮かぶのは、涙である。

どうしてか、今の私は食べ物が世界の中心であるように思えてならない。だから、ものすごく悲しくなってしまったのだ。

「可哀想に、主人から追い出されたんですかねえ」

「迷い犬かもしれない。毛並みは美しい。手入れがなされた犬だ」

「ああ、そうみたいですねえ」

ミリー隊長から美しいと言われ、照れてしまう。道端で摘んだ薬草から作った精油を毎晩髪に揉《も》み込んだ効果なのかもしれない。

自然と、尻尾が高速でぶんぶん動いてしまう。犬になると、喋ることができない分、尻尾で感情を表してしまうのだろう。

「う～ん、見たところ、大人しそうな犬ですねえ。今晩は、パンでも与えて空いている厩舎に入れておこうか」

そんな……！　誕生日なのに、厩舎で馬と一緒に寝るなんて。せめて、騎士舎の中で眠らせてくれないか。粗相はしない。いい子にしている。

贅沢は言わないものの、パンの一つでも与えてくれたら嬉《うれ》しいが、そうそう世の中甘くないだろう。こうして、ミリー隊長に発見してもらっただけでも不幸中の幸いだ。

「いいや、私が保護しておこう」

まさかの提案に、耳がピーンと立つ。起き上がって、ミリー隊長を見上げる。優しい瞳で、私を見つめてくれていた。期待に、毛並みがフワッと膨らんだような気がする。

「隊長さん、いいのですかい？」

「ああ。構わない。独身寮ではなく、一軒家に住んでいるからな」

「でしたら、お願いします」

「わかった」

ミリー隊長は私の前にしゃがみ込み、にっこり笑いながら言った。

「主人が見つかるまで、私の家で保護してやる。家に肉もあるから、焼いてやろう」

肉という言葉に、思わず反応してしまう。耳がぴくぴく動き、尻尾は自然と左右に振られていた。

甘えるような、くーん、くーんという声も出てきた。

ミリー隊長は、私の頭をわしゃわしゃと撫でてくれた。とても嬉しくなって、尻尾が千切れそうなほどぶんぶんと振ってしまった。

落ち着けと言われたが、嬉しすぎるので仕方がない。まさか、ミリー隊長に保護してもらえるなんて。

きっとミリー隊長は犬好きなのだろう。心から感謝しなくては。

「よし、帰ろう」

「わう！」

なんだろうか。犬の姿をしていると、酷《ひど》く楽天的になる。今はもう、どうして犬の姿になってしまったのかなんて、どうでもよくなっていた。頭の中は、肉、肉、肉、そして肉である。

口の中の涎《よだれ》をごっくんと飲み込み、ミリー隊長のあとを足取り軽くついて行く。

こうして、私はミリー隊長に保護されてしまった。

首に縄を結ばれ、騎士団の敷地の外に出る。人生で初めてのお散歩であった。

従順に歩く私を見て、ミリー隊長は「よく躾《しつ》けられているな。やはり、飼い犬か」なんて呟《つぶや》いていた。

私は人間生活十八年目、躾《しつけ》は行き届いているのだ。

暗い夜道を歩く。街灯はポツポツあるものの、それでも暗い。ミリー隊長は慣れているのだろうか。迷いのない足取りで進んでいた。

ミリー隊長は王都の中央にある住宅街に、平屋建ての家を所有している。庭には可愛らしい花が植えられていて、玄関には花模様の絨毯《じゆうたん》が敷かれていた。凜々《りり》しい印象に似合わない、可愛らしい家に住んでいた。

「脚を拭いてやろう」

そう言って、ミリー隊長は私の泥まみれの肉球を優しく拭いてくれた。綺麗なタオルだったので、申し訳なく思う。罪悪感からきゅう～っと鳴いたら、頭を優しく撫でてくれた。

「ん、どうした？　力が、強かったか？　これで、どうだろうか？」

優しくマッサージするように、脚の裏を拭いてくれる。

もう、ここのおうちの子になる……などと思ってしまった。

「体は、そこまで汚れていないな」

騎士団の制服の上で眠っていたので、体は泥まみれにならなかったのだろう。

灯《とも》りが点されている。居間には、花模様のテーブルクロスに、花瓶に生けられた花、籠の中にはパンが盛り付けてある。可愛らしい部屋だ。もっと、殺風景な部屋で暮らしていると思っていたが。

意外そうにしているのは、私だけではなかった。ミリー隊長も、跪《ひざまず》いて私を覗き込む。

「お前は、黒い犬かと思っていたが、紫色の毛並みなのだな」

「わう？」

普段は薄紫色の髪色だが、犬化すると濃い紫の毛並みになるようだ。

「お腹が空《す》いただろう。すぐに、肉を用意しよう」

「わう!!」

元気よく鳴くと、ミリー隊長は花が綻んだような微笑《ほほえ》みを向けてくれた。やはり、ミリー隊長は犬好きなのだろう。犬だけでなく、おそらく動物全般が好きなのかもしれない。クロウにも、手を差し伸べてくれたし。

「台所はこっちだ」

ミリー隊長の後ろをついて行き、尻尾を振りながら肉が焼けるのを待つ。

たまらない匂いが、台所の中に充満していた。我慢できずにきゅううううんと鳴いたら、ミリー隊長に笑われてしまった。恥ずかしいので、奥歯を噛みしめて変な声が漏れないようにする。

「それにしても、お前は身綺麗《みぎれい》だし、いい匂いもする。貴族の家の犬なのかもしれないな」

ないない、それはない。手を振って否定できないので、代わりに尻尾を振っておく。

きっと私より、貴族の犬のほうがいい暮らしをしているだろう。それを思ったら、切なくなった。

しかし憂鬱な気持ちも、ミリー隊長の次なる一言で吹き飛んだ。

「ほら、肉が焼けたぞ」

「わう!!」

皿の上に置かれた肉は、こんがりとほどよい焼き色が付いていた。見ただけで、いい肉だということがわかる。

朝、ミリー隊長は私に肉を食べさせてくれると言った。まさか、こんな形で叶《かな》うとは想像もしていなかった。

食べやすいように、カットしてくれる。以前、犬が食べ物を喉に詰まらせて死んでしまった、なんて話を聞いたことがある。ありえない話だと思っていたが、犬になって理解する。現在の私は肉を、丸呑《まるの》みしたい気分に駆られているのだ。カットしてくれた心遣いに、感謝する。

ついに、肉が載ったお皿が差し出された。私は躾が行き届いた犬である。「よし」と言われるまで、絶対に、絶対に食べない。

肉を見つめていると、涎がたらりと垂れる。

「遠慮なく、食べてくれ」

「わうっ！」

お言葉に甘えて、いただくことにした。

思いっきり、肉にかぶりつく。

「慌てるな。肉は逃げない。喉に詰まらせるんじゃないぞ」

「わう！」

肉は柔らかくて、肉汁たっぷりで、味付けなんてしていないのに——信じられないほどおいしかった。

はふはふと口の中で冷ましながらも、一気に食べてしまう。

「ふふ……」

ミリー隊長に笑われて、ハッと我に返った。気が付けば、皿までペロペロと舐《な》めていたのだ。はしたないにもほどがある。

恥ずかしくなって椅子の下に隠れようと思ったが、体が大きいからか入らない。

私は大型犬になっているようだ。なんとなく、可愛らしい小型犬をイメージしていたのに、ほど遠い大きさだったようだ。

よくぞ、ミリー隊長は私を保護してくれたものだ。心の奥底から、感謝しなくては。

それはそうと、どうして私は犬になってしまったのか。誰かの呪いである可能性も捨てきれない。

私はこのままずっと、犬なのか。まさか、十八歳の誕生日に人生を終え、犬生が始まるなんて想像もしていなかった。

どうしてこうなったのだと、心の中で叫んでしまう。

しょんぼりしていたら、ミリー隊長が再び私の顔を覗き込む。

「すまないな、肉は、もうそれしかないんだ」

「くうん」

肉がなくなったので、しょんぼりしていると思われてしまったようだ。違う、そうではない。伝える術《すべ》がないので、代わりに尻尾を振っておいた。

その後、ミリー隊長は夜の庭でボール遊びをしてくれた。散歩紐《ひも》がないので、散歩に行けないお詫《わ》びらしい。

いやいや、ボール遊びなんて。私、十八歳の乙女なんですけれど。

そう思っていた瞬間もありました。

「わふっ、わふっ！」

私は夢中になって、ミリー隊長が投げたボールを追いかける。

知らなかった。ボール遊びが、こんなに心躍るものだったなんて。

ボール遊び、すごく楽しい！　最高！

今まで、こんなにボール遊びが楽しいと思ったことは一度もないのに。私は、心身ともに犬と化してしまったようだ。

ミリー隊長は私をお風呂にも入れてくれた。いい匂いのする石鹸で洗ってくれる。

薔薇の香りが、ふんわりと漂っている。これはまさか、貴族令嬢の間で流行っている薔薇石鹸では？

ミリー隊長、いい匂いがするなーと思ったことがあったが、まさか薔薇石鹸の香りだったなんて。

泡立てて洗われている間は濃い薔薇の香りだが、お湯で流すといい感じになる。

体中に薔薇の香りを纏《まと》った私は、上機嫌になった。

丁寧に体の水分を拭いて、仕上げに櫛《くし》で梳《けず》ってくれた。至れり尽くせりである。

「よし、眠ろう」

ミリー隊長はそう言って、寝室に連れていってくれた。床の上で丸くなっていたら、手招きされる。

「床は寒いだろう。私の隣で眠るといい」

「わ、わう!?」

そんな、ミリー隊長のお布団で一緒に眠るなんて。私みたいな犬風情が、調子に乗りすぎではないか。

「ん、どうした？　寒いだろう、早く来い」

「わうううう」

ここでも私は、ミリー隊長の厚意に甘えてしまった。寝台に跳び上がり、ミリー隊長の隣に寝転がる。

ミリー隊長の布団の中は、暖かかった。それは、長年感じていなかった人の温《ぬく》もりである。

しかし、私はこれからどうなるのか。

なぜ、犬の姿になってしまったのか。

黒い泥のような不安が、私の胸にドロリと流れ広がっていく。私の人としての生は、終わってしまったのか。

不安に押しつぶされそうになっていたら、ミリー隊長が頭を撫でて言ってくれた。

「安心しろ。飼い主が見つからなかったら、私が飼ってやるから」

「わう!?」

その言葉を聞いた瞬間、胸の中のモヤモヤが薄くなったような気がした。

曇天の中に一筋の太陽の光が差し込んだような。そんな気分だった。

「ゆっくり休め」

「わう……」

本当にもう、ミリー隊長の飼い犬になろう。そんなことを考えながら、久しぶりに人の温もりの中でまどろむ。

明日のことは、明日考えよう。とにかく今日は、おやすみなさい。

◇◇◇

翌朝――私の名を呼ぶ優しい声で目覚める。

「メロディア、メロディア」

「お母さん、あと、五分……むにゃ」

「私は、お母さんではない！　起きるんだ、メロディア魔法兵！」

「んんん？」

応える声は、母のものではない。起き抜けの働かない頭で、情報を整理してみる。

私の目の前にいるのはミリー隊長で、呼んでいた声もミリー隊長だ。そしてここも、ミリー隊長の家である。

ここでハッと、意識が覚醒した。見知らぬ天井だったので、ギョッとする。

慌てて起き上がると、一糸まとわぬ姿であることに気づいた。

「うわっ！」

シーツをかき集め、キョロキョロと服を探すが見当たらない。服はどこにいってしまったのか。

「メロディア魔法兵、落ち着け」

それは、凛《りん》とした女性の声。私を「メロディア魔法兵」と呼ぶ人は、一人しかいない。

「わわ、ミリー隊長！　わ、私、その――！」

「大丈夫だ。いったん落ち着いてから、話をしてくれ」

「は、はい」

いったい、どういうことなのか。なぜ、私は全裸でミリー隊長の隣で眠っていたのか。

昨晩の記憶を、解《ほど》けてしまった糸を手繰り寄せるように甦らせる。

たしか、騎士舎を出たあと、酷い痛みを感じたのだ。上手く説明できるかわからないが、とりあえず話し始める。

「き、昨日、ミリー隊長と別れたあと、発作に襲われたのです。痛みに耐えきれなくて、気を失ってしまい、意識が戻った時には、犬の姿になっていました」

その後、ミリー隊長に保護される。犬の姿になったあとの記憶は、甦らせたくない。ひとまず、記憶の隅に押しやっておく。

「メロディア魔法兵のご両親は、獣人だったのか？」

「いいえ。そういった話もまったく聞いていませんでした」

「そうか」

獣人——獣のような姿をした、人の総称である。

「獣人について、知っていることは？」

「恥ずかしながら、何も存じません」

「だったら、私の知りうる知識を、軽く説明しよう」

一口に『獣人』と言っても、さまざまな種類があるらしい。

「確認されている獣人の種類は三つだ。一つ目は、ほぼ獣の姿だが、人と同じように二足歩行をする『常態獣人』。これが、世界的にもっとも数が多い獣人である。獣同様、獰猛な者が多く、あまり人里には姿を現さない。次に、耳や手、脚など体の一部が獣と同じ形をした『部分獣人』。獣人と人の間に生まれた子どもの多くが、部分獣人となるようだ。三つ目は、ある条件が満たされた場合に獣の姿と化す『変化獣人』。大変希少な存在で、童話の中にのみ存在する獣人とも言われている……」

ということは、私は『変化獣人』なのか。

「メロディア魔法兵のご両親は、その……」

「亡くなっています。両親は共に天涯孤独の身で、親戚もおりません」

両親は普通の人だった。獣人ではない。それなのに、どうして娘の私は獣人なのか。

まさか、本当の子どもではないとか？

でも、私の薄紫の髪は母譲りで、緑色の目は父譲りだ。さらに、私と母の面差しはそっくりだ。

血縁関係でないはずがない。

なのに、どうしてこんなことになったのか。

わからないことばかりだ。思わず頭を抱え込んでしまう。

「その様子だと、獣人化に関する話は聞いていないようだな」

「はい」

どうして、何も話してくれなかったのか――と、ここで両親から受け取っていた手紙の存在を思い出す。

「あ！」

もしかしたら、両親の手紙には、私が犬になったことに関して何か書いてあるのかもしれない。

「メロディア魔法兵、どうした？」

「両親が、私に、十八歳になったら読むように手紙を託していたのです」

「もしや、昨日が十八歳の誕生日だったのか？」

「はい！」

「そうか、わかった。では、今すぐ確認に行ったほうがいい。私も、同行させてもらう」

「承知しました」

寝台から出ようとしたが、裸だったことを思い出す。

「服は――もしや騎士舎か？」

「で、ですね」

「では、私の服を貸そう」

下着類にシャツとズボン、それから外套《がいとう》を借りる。

ミリー隊長の私服は、小柄な私にはぶかぶかだった。子どもが大人の服を着ているような見た目となり、ミリー隊長に苦笑されてしまった。

「すまない。寮まで我慢してくれ」

「いえいえ。貸してくださり、ありがとうございました」

小走りで独身寮まで向かうことになった。お腹がぐう～～～と鳴ったが、それどころではない。

それにしても、今日が休日でよかった。出勤日だったら、大慌てでだっただろう。

ぶかぶかな服で独身寮に戻った私に、門番の騎士が訝《いぶか》しげな視線を送る。ミリー隊長が騎士の肩を叩くと、その視線は外された。

独身寮は築三十年ほどの古い建物である。玄関の扉はギイと重たい音を鳴らし、床板は雨蛙《あまがえる》の合唱のようにギシギシと鳴く。

「懐かしいな」

「ミリー隊長も、住んでいらしたのですね」

「十五年、ここに住んでいたぞ」

「十五年も！」

「役職に就いてからも、一軒家を持つより独身寮のほうが生活費もかからなかったからな」

さすが、剣一本でのし上がったといわれるミリー隊長である。長年、質素倹約な暮らしをしていたようだ。

「女が一人で生きていくのは、大変だから」

「そう、ですね」

「この身も、どこまで騎士を続けられるか、わからないしな」

ここで、気づく。私とミリー隊長は、同じ思いで騎士を続けていたのだと。ミリー隊長はいち早くそれを察していたので、優しくしてくれたのだろう。

「ミリー隊長、ありがとうございました」

「なんだ、突然？」

「急に、お礼を言いたくなって」

ミリー隊長は、私の頭を優しくポンポンと叩いてくれた。

私は、上司に恵まれている。これ以上、嬉しいことはないだろう。

「ここが、私の部屋です」

「待っているから、手紙を読んでくるといい」

「いえいえ！　中にどうぞ」

「いいのか？」

「はい」

ミリー隊長を廊下に立たせておくわけにはいかない。中へと招く。

私室の扉も、ギイという不気味な音が鳴った。内部は寝室兼居間、簡易洗面台があるばかり。椅子なんて贅沢な物はない。寝台を椅子代わりに座るように勧めた。

お菓子や果物なんかがあればよかったのだけれど、あいにく給料日前で切らしていた。

「何もなくて、すみません」

「私のことはいいから、手紙を読んでくれ」

「はい」

寝台の下に入れている木箱を手に取り、中から手紙を取り出す。封を切る指先が、震えてしまった。

いったい、どんなことが書かれているのか。勇気をふりしぼって、手紙を開封した。

三枚の便箋が入っていて、丁寧な父の字で書き綴《つづ》られていた。

――愛《いと》しい娘、メロディアへ
十八歳の誕生日おめでとう。きっと、素敵な女の子になっているだろうね。

これは、十八歳を迎えた素敵なメロディアへ宛てた手紙なので、もしも、十八歳になっていないメロディアであったらそっと便箋を畳んで封筒に戻すように。

今ならまだ間に合う。いいかい？

よし。ここから先は、十八歳のメロディアだ。

この手紙は、もしも私達が傍《そば》にいない時のために書かれたものだ。メロディアに、大事なことを伝えなければならない。

ずっと黙っていたが、私とメロディアの母さんは、『ルー・ガルー』という狼獣人の一族なのだ。ただの狼獣人ではない。月の魔力を浴びた晩に、狼の姿となる一族である。

メロディア、お前はもしかしたら、夜、狼の姿に変化するかもしれない。

それは、ルー・ガルーの血の証《あかし》である。ルー・ガルーは、月の魔力を浴びると、狼と化すのだ。

そんなルー・ガルーにも、たまに狼化できない存在が生まれる。その者達は『紛いモノ』と呼ばれて蔑まれ、迫害されてきた。私と母さんは、ルー・ガルーであるのに、狼化しない『紛いモノ』だったのだ。

私と母さんは手に手を取って、ルー・ガルーの森を抜けだし、王都へやってきた。

その後、結婚し、メロディアが生まれた。

狼化しない私達は問題なく王都で暮らすことができたが、メロディアはわからない。『紛いモノ』の子が狼化したという話も過去にある。

だから、狼化について知らせるために、この手紙を認《したた》めたのだ。

もしも、困った状況になっていたら、フェンリル家の当主を訪ねるといい。一家は魔法の研究に熱心で、『獣人』にも大いなる興味があるという。メロディア、君が頼れるよう、話を付けてきた。だから、私達がもしこの世におらず、この手紙を読むという事態になっても、不安にならなくていい。

メロディア、私達の可愛い子ども。

どうか、幸せになってほしい。それだけが、唯一の願いだ。

――愛を込めて、ロジー・ノノワール

最後に書いてあった父のメッセージを読み終えると、ぽたり、ぽたりと便箋に水滴が落ちてくる。

いつの間にか涙が溢れ、流れていたようだ。手紙の文字が涙で滲んでいるのに気づいて、慌てて眦を服の袖で拭う。

「大丈夫か？」

「あ、はい」

この服は、ミリー隊長の服だった。

「す、すみません。ミリー隊長の服の袖で、涙を拭いてしまい」

「いいや、構わない」

それからミリー隊長は、私が落ち着くまで背中を撫でてくれた。

「ありがとうございます。もう、大丈夫です」

「そうか」

「あの、手紙に書いてあったことを、話したいのですが……」

話そうと思っても、なかなか言葉にならない。だって、両親がルー・ガルーという狼獣人で、その子どもである私は月の出てる夜に狼の姿になるなんて。なかなか、受け入れられることではない。同じように、ミリー隊長も「私は狼獣人です」なんて告白されても、困るだろう。

そんな私の肩を、ミリー隊長はポンと叩いて言った。

「メロディア魔法兵、無理に、話す必要はない。日を改めてもいい」

「い、いえ。お話し、します。させてください」

ミリー隊長に、迷惑をかけまくったのだ。事情を話さずに帰らせるなんて、ありえない。私は、瞬時に腹をくくる。そして、両親と私の事情を語った。

「――というわけで、私は獣人だったようです」

「そう、だったのか」

膝にある手をぎゅっと握り、拳を作る。これから、私はどう生きたらいいのか。

「とりあえず、父の手紙に書いてあったフェンリル家を訪ねようと思っています」

「フェンリル家、か」

「ご存じなのですか？」

「フェンリル家は王族の血を引く公爵家で、わが国の五指に入る歴史ある名家だぞ」

「お、王族!?」

「私設騎士隊である、フェンリル騎士隊を持っており、少数精鋭の部隊は騎士の憧れでもある」

「フェンリル騎士隊……聞いたことがあります」

以降、言葉を失ってしまう。あんぐりと開いた口が、塞がらなかった。

父の手紙には、ちょっとした知り合いに頼んでおいた、みたいなノリで書かれていた。それなのに、相手は王家の血筋だという。

「メロディア魔法兵、その手紙は何年前に書かれたものだ？」

「手紙をもらったのは、十年くらい前です」

「そうか。数年前にフェンリル家の当主は、代替わりしている。両親は、前の当主と約束した可能性がある」

「そ、そんな……！」

もしかしたら、父とフェンリル家の当主の約束は、なかったものとされているのかもしれない。

「い、今のご当主様は、どんなお方かご存じですか？」

「変わり者、という噂《うわさ》がある」

「か、変わり者、ですか？」

「ああ。社交界の集まりには現れず、当主となってから、姿を見た者は関係者以外いないという」

「ええ〜〜……」

「人嫌いである、という噂もあるらしい」

有名なフェンリル騎士隊は、現当主様が『第一騎兵部』の隊長を務めているという。

王立騎士団とフェンリル騎士隊は協力関係にあるのだとか。王立騎士団では解決できない事件を、フェンリル騎士隊が解決したという実績が、多々あるようだ。

「今まで、誘拐された貴族令嬢や、行方不明になった王族などを救い、数々の功績を収めていたらしいが、勲章を与える式典も不参加だったようだ」

「確かに、変わっていますね」

ただでさえ、代替わりしているのに、人嫌いであるのならば会ってもらえない確率はググッと上がってしまう。

「メロディア魔法兵、私のほうから、フェンリル騎士隊を通じて面会の打診をかけてみようか？」

「ありがとうございます。一度手紙を出してみて、ダメだったらお願いするかもしれません」

これ以上、ミリー隊長に迷惑をかけるわけにはいかない。自分でできることは、自分でやらなければ。

それにしても、狼獣人の血が流れていたなんて……。

人生、何があるかわからないと、心から実感したのだった。

両親からの手紙を封筒に戻そうとしたら、一枚の紙がはらりと落ちた。便箋以外のものも入っていたようだ。

そこには、父の文字でよくわからないことが書かれていた。

追伸――魔女に気を付けろ。

「メロディア魔法兵、どうかしたのか？」

「あの、これが入っていまして」

「魔女……か」

「はい」

魔女とは、古《いにしえ》の時代に暗躍した、魔族の手先となる女性の魔法使いを呼ぶ言葉だ。現代では、おとぎ話に出てくるような存在である。

「どういう意味でしょうか？」

「暗喩、かもしれないな」

きっと何か意味があるのだろう。

先ほどから、悪寒が走っていた。なんだか、悪い予感がする。

魔女について、調べなければ。

◇◇◇

本日は休みだが、当時の事故についての報告書をまとめている騎士団の資料館へ足を運んだ。ここは、騎士であれば閲覧が許されている。

予定がないというので、ミリー隊長にも付き合ってもらった。

両親の事故は私が十歳のころ。日付も覚えているので、事故に関する資料を保管している棚はすぐに発見できた。しかし――。

「あ、あれ？」

両親の事故の詳細が書かれた報告書が見つからない。あるいは、別の場所に保管されている可能性もある。ミリー隊長と共に探したが見つからなかった。

「どうして……？」

両親の事故を告げるため、騎士達が私の家にやってきた日のことは鮮明に覚えていた。すると、ミリー隊長が助言してくれる。

「もしかしたら、事件の棚のほうにあるのかもしれない」

「事故が、故意的、だったということですか？」

「まだ、わからないが……」

今度は、事件の棚を調べてみる。すると、すぐに発見できた。

「あ、ありました」

冊子状になった報告書を開いた。被害者の欄に、両親の名前が書かれている。

「被害者……!?」

両親の事故は、第三者による故意的なものだったようだ。

「そ、そんなことって……！」

「メロディア魔法兵が幼かったから、本当のことは言えなかったのだろう」

「お父さん……お母さん……！」

いったい誰が、両親を死に追いやったのか。震える手でページをめくる。しかし、以降は閲覧制限がかかっていた。

「え、どうして？」

「おそらく、国家秘密に絡んだ事件なのだろう」

資料館の管理官に話を聞いてみたが、事件については国王以外閲覧できないようになっているらしい。

ぎゅっと、唇を噛みしめる。娘の私でさえ、親のことを知る権利はないらしい。

「メロディア魔法兵、帰ろう」

「はい」

心の中に、モヤモヤが広がっていく。

両親を殺した相手は、いったい誰なのだろうか。恨みを買うなんて、ありえない。きっと、運悪く目を付けられただけに違いない。

ふと、両親の忠告を思い出す。

――魔女に気を付けろ。

どくんと、胸がイヤな感じに鼓動した。

もしも、現代に魔女が生きていて両親を殺したのならば、不可解な事件として国王陛下以外に閲覧制限があることへの説明がつく。

事件の真相を調べる手段は、きっとないだろう。落ち込みつつ、帰ることとなった。

夜になると、私は獣人となってしまう。暗くなる前に、家に帰らなければ。

「あの、ミリー隊長、昨日から今日にかけて、お世話になりました」

「待て。このまま帰ったら、騎士団の寮に辿《たど》り着く前に、狼の姿になってしまうだろう」

「あ、そ、そうかも、しれないですね。すみません、ぼーっとしていました」

近くの宿にでも泊まろうか、などと考えたが無一文であることに気づいた。

こうなったら、選択肢は一つしかない。ミリー隊長に頭を下げ、もう一晩だけお世話にならなくてはいけない。

「あ、あの、ミリー隊長、た、大変図々《ずうずう》しい申し出であることは承知の上なのですが、もう一晩、泊めていただけないでしょうか？　玄関か、玄関先でも構わないので！　いえ、庭先でもありがたいです」

「メロディア魔法兵を、外になんか寝かせるわけがないだろう。昨日と同じく、ゆっくり休んでいくといい」

「ありがとうございます」

寛大なミリー隊長に、心から感謝しないといけない。

「早く帰ろう。狼化が始まったら、困るだろう？」

「はい」

帰宅後、昨日と同じ違和感を覚える。狼化が始まるのだろう。

「あ……うっ！」

「どうした、メロディア魔法兵！」

「ろ、狼化が、始まる、ようです」

「そうか」

ミリー隊長は私の背中を優しく撫でてくれた。昨日ほど体が痛むわけではないが、とんでもなく体がゾワゾワする。

無理もないだろう。骨が変形し、毛が全身に生え、私自身の姿が短時間で変わるのだから。

生きているのに、パンの生地のようにこねこね捏《こ》ねられているような状態だと言えばいいのか。

……いや、なにか違う気がする。

五分ほどで、狼の姿となったようだ。

「メロディア魔法兵は本当に、狼獣人なのだな……。いや、信じていないわけではなかったが、こうして実際見ると、しみじみ不思議に思える」

「くうん」

「喋ることは、できないのだな」

「わう」

そうなのだ。狼化すると、喋ることができない。見た目は完全に、ただの犬である。

両親の手紙を読むまで、犬獣人だと思っていた。今でも犬なのでは？　と疑っているが、ミリー隊長曰《いわ》く、今の姿はたしかに狼の骨格らしい。

狼退治を何回も行っているミリー隊長が言うのならば、間違いないだろう。

「言葉を発せないということは、魔法も使えないと？」

「わふ！」

そうだ、魔法！

呪文を唱えてみたが、見事に「わうわう」しか言えない。当然、魔法は発現しなかった。

「くうううん……」

落ち込む私の頭を、ミリー隊長は優しく撫でてくれた。

「夜勤の仕事は――考えておこう」

このままでは、夜勤だってままならないのだ。

「狼化については、あまり広めないほうがいいかもしれないな」

「くうん」

獣人は獰猛で人の血肉を啜《すす》る、という噂話が広まっている。私が獣人だと言ったら、怖がらせてしまうかもしれない。

この先、私はいったいどうしたらいいのか。不安が顔に滲んでいたからか、ミリー隊長は諭すように言った。

「大丈夫だ。夜は、ここにいればいい。私は独り身だから、いつでも大歓迎だ」

無償の愛に涙が出そうになる。どうして、そこまで優しいのか。

深々と、頭を下げる。ミリー隊長には、迷惑をかけっぱなしだ。いつか、恩返しをしなければ。

◇◇◇

成人を迎えたルー・ガルーは、月より得た魔力のおかげで大いなる力を得るらしい。

いまいちピンときていなかったが、自身の力が大きくなっていることを、ある事件をきっかけに気づかされる。

それは、穏やかな午後。ミリー隊長と共にお茶を飲んでいたら、別の部隊の騎士が飛び込んできたのだ。

「す、すみません、実戦訓練中の事故で、騎士の一人が腹部に槍《やり》を刺してしまい――！」

回復魔法で癒やしてほしいと。他の部隊の魔法兵も集まって治療していたが、傷が深く出血が止まらないようだ。

「メロディア魔法兵、現場へ向かってくれ」

「は、はい！」

元気よく返事をしたものの、私の回復魔法の力は極めて平凡だ。中の下《げ》、くらいである。小さな切り傷程度であれば、塞いで完治できる。しかし、深い刺し傷の場合は、出血を止めることすら難しいだろう。

魔法兵が大勢集まっても治せない傷の治癒なんて、できるわけがなかった。しかし、できるだけのことはしたい。そう思って現場まで向かう。

事故が起きたのは、第五遠征部隊の訓練広場。大勢の人が集まっている。

「魔法兵が来ました！　道を、空けてください！」

私を誘導した騎士が声をかけると、波が引くように人だかりが散り散りになる。ついでに、注目が集まってしまった。なんだか、すごい魔法兵がやってきた、みたいな雰囲気になってちょっぴり泣きそうになる。

「す、すみません。失礼いたします……」

どうも、どうもと会釈をしながら、怪我人のもとへ急いだ。

周囲にはたくさんの魔法兵が集まり、回復魔法を展開させているようだ。

「もう一度だ！」

「ダメだ、もう、打てない」

「血が、また噴き出てきたぞ！」

怪我人の周囲は騒然としていた。

人だかりの中心にいるのは、青い顔をした魔法兵五名に、血だまりの中で倒れている騎士、それからオロオロとする隊長らしき上官。

倒れた騎士の傷口を押さえる魔法兵の手の隙間から、血が噴水のように噴き出している。いったい、どうやったら、あのように血が噴き出るのか。

「魔法兵を連れてきました！」

「あ、ありがたい！」

まるで、救世主のような扱いを受けてしまう。とりあえず、今は迷っている場合ではない。素早く回復魔法を施さなければ。

少しでも、楽になってほしい。水晶杖を握りしめ、願いを込めて呪文を唱える。

「――汝《なんじ》、祝福す、不調の因果を、癒やしませ」

小さな魔法陣が傷口の上に浮かび、パチンと弾《はじ》けた。噴き出ていた血がピタリと止まり、傷口の血がまるで沸騰したようにブクブク泡立ったかと思えば、薄い皮膚が作られていく。

「おお……おおおお！」

「あ、あれ？」

先ほどまで血が噴き出ていた傷が、あっという間に塞がってしまった。

いつもの回復魔法なのに、効果がまったく違う。どういうことなのか。目には見えない疑問符《はてな》が、雨のように私に向かって降り注ぐ。

「こ、これは……!?」

どうして？　と考えている間に、周囲からワッと歓声が上がった。怪我人の意識が戻ったようだ。

「あれ……俺……？」

手を伸ばしてきたので、そっと握る。驚くほど手が冷たい。多くの血を失ったからだろう。心配そうに見上げているので、励ましてあげた。

「もう、大丈夫ですよ」

そう答えると、騎士は安心したように目を閉じた。ホッと胸をなで下ろす。

そのあとは、ちょっとした騒ぎとなった。奇跡の回復魔法だとか、聖女の降臨とか。すぐに、騎士隊から感謝状と金一封が届けられる。

私の回復魔法の力を知っているミリー隊長は、獣人として目覚めたことに伴って魔法の効果も上がったのではと推測する。

「そうですね。その通りかもしれません」

「しかし、マズいことになったな」

「マズいこととは？」

「いや、杞憂《きゆう》かもしれない」

ミリー隊長の呟きの真意は、翌日明らかとなった。


その日の夜も、私は獣と化す。狼化については、まだミリー隊長以外には話していない。そのため、今宵《こよい》もミリー隊長のお世話になることとなった。

本当に、申し訳ない。穴があったら、入りたいくらいだけれど――と、このような謙虚な気持ちは、ボールを前にしたらすぐに消えてなくなった。

「わっふう!!」

ミリー隊長の投げるボールを夢中になって追いかけ、銜《くわ》えて拾い上げる。それをミリー隊長のところへ持って行き、再び投げてもらう。

私は一時間ほど、ミリー隊長にボール遊びをしてもらった。

獣人化すると、ただの犬となり下がってしまう。そのあとは、図々しくもミリー隊長の隣で爆睡してしまうのだ。

そして朝になると、一糸まとわぬ状態で「私のバカ！」と自らを罵ってしまうのだった。

翌日、ミリー隊長のもとに、ある大量の申し入れが届いたらしい。書類の山を指差しながら、ミリー隊長はこれが何か話してくれた。

「これは、メロディア魔法兵がほしいという、各部隊からの申し入れだ」

「え!?」

私の奇跡のような回復術の噂を聞いて、異動を求める話が殺到したようだ。

「そ、そんな……」

「中には、王族の親衛隊に来ないか、という話もある」

「お、王族、ですか？　身に余り過ぎるお話です」

これが、昨日ミリー隊長が言っていた『マズいこと』のようだ。騎士隊のほとんどは、夜勤がある。他の部隊で、獣人の姿を隠しながら働くなんて難しいだろう。

「私が、メロディア魔法兵を守ることができたらいいのだが」

「いいえ、今日まで、十分、守っていただきました」

狼化が始まってから、ミリー隊長に頼りっぱなしだった。

まともにフォークさえも握れないただの犬になり下がったのに、なんとかやってこられたのは毎晩ミリー隊長が面倒を見てくれたからだ。

おいしい料理と、楽しいボール遊び、いい香りのする石鹸で体を洗ってもらい、挙げ句の果てに寝台まで貸してくれた。至れり尽くせりである。

狼化というショッキングな状況でも、前向きでいられたのはミリー隊長が傍にいてくれたからだ。感謝してもし尽くせない。

「今はまだ異動を促すものだが、そのうち異動命令を下してくる部隊もあるだろう。そうなれば、メロディア魔法兵に選択権はない」

「で、ですよね」

今のうちに、条件のいい部隊を選んで異動しておいたほうがいいと言う。

「異動するならば、夜勤がない部隊だとありがたいのですが——ないですよね？」

「それが、奇跡的にあったんだ」

「ほ、本当ですか？」

ミリー隊長は一枚の書類を私に差し出す。

「えっと……メロディア・ノノワール、我が第一騎兵部への異動を希望する。ディートリヒ・デ・モーリス」

第一騎兵部というのは、どこの所属だったか。聞いたことはあるが、詳細が思い出せない。

「えっと、ミリー隊長、こちらは、どちらの部隊の所属でしたっけ？」

「第一騎兵部は、フェンリル家の私設騎士隊だ。通称フェンリル騎士隊と呼ばれている」

「フェンリルって、も、もしかして、あの、フェンリル公爵家、ですか？」

「ああ、そうだ。奇《く》しくも、フェンリル家の当主であり、フェンリル騎士隊、第一騎兵部の隊長であるディートリヒ様から異動の申し入れが届いたのだ」

「え、ええー!?」

驚きすぎて、書類を落としそうになる。

フェンリル公爵への手紙は、何回も認めていたが、まだ出せていなかったのだ。だって、相手は王家の血を引く大貴族である。私みたいな平民の娘が、失礼な内容の手紙を出して怒りを買ったら、大変なことだ。そんなフェンリル公爵が、私を必要としてくれるなんて……。

「私設騎士隊って、王立騎士団から異動できるものなのですか?」

「国王陛下が許可を出しているようだ。誰も、文句は言わないだろう」

「そう、だったのですね」

私設騎士隊といっても、国王陛下公認で活動しているようだ。尚《なお》、任務についての情報はいっさい公になっていない。そのため、どういった仕事をするのかは不明だという。

けれど、夜勤のない騎士の仕事は、フェンリル騎士隊しかない。あとは、私が異動を決意するばかりだろう。

「きっとこれは、メロディア魔法兵の両親が結んでくれた良縁だろう。夜勤もないようだから、何も心配はない」

「ミリー隊長……!」

光栄な話ではあるが、ミリー隊長の部隊から離れることを心寂しく思う。なんだかんだ言ってみんな優しかったし、お世話にもなった。

けれど、夜勤ができない私がこのまま残っても、役に立つことはできないだろう。

「申し入れを、受けるという方向で進めても構わないか？」

「……はい」

「わかった。では、そのように伝えておく」

「よろしくお願いいたします」

立ち去ろうとしたミリー隊長を、引き留めてしまった。今、お礼を言いたいという気持ちに駆られたからだ。

「ミリー隊長、その、ありがとう、ございました」

きょとんとした表情を浮かべるミリー隊長に、深々と頭を下げた。

「メロディア魔法兵、なんの礼だ？」

「入隊してから今日まで、本当に、お世話になったと思いまして」

「ああ、そういうことか。そうだな。メロディア魔法兵は、私の若い頃を見ているようだったから、ついつい余計にお節介を焼いてしまったのかもしれない」

「お節介だなんて！」

ぶんぶんと大袈裟《おおげさ》に首を横に振り、否定した。

「右も左もわからない中で、親切にしてくださり、本当にありがとうございました」

「私も、メロディア魔法兵と過ごす中で、騎士として初心に戻れたような気がする。こちらこそ、ありがとう」

ミリー隊長が差し出した手を、おそれ多いと思いながらも握り返す。

温かくて、力強いミリー隊長の手に、勇気づけられたような気がした。

「メロディア魔法兵、もしも、フェンリル公爵が狼化に理解を示さないようだったら、私の家で下宿するといい」

「ありがとうございます。しかし、ご迷惑では？」

「実は、昔から犬好きでな。飼いたいと思っていたのだが、いかんせん騎士の仕事をしていると、生き物が飼えなくって。まあ、だから、気にしないでほしい。あ――すまない。犬扱いをしてしまって」

「いえ、狼化した私は、完全に犬ですので。その、ボール遊び、とっても楽しかったです。毎晩お付き合いいただいて、申し訳なかったなと」

「私も、いい運動になっていた。意外と楽しんでいたから、気にするな」

「そうだったのですね。よかったです」

「また、ボール遊びがしたくなったら、気軽に声をかけてくれ。付き合うから」

「はい！　もしもの時は、よろしくお願いいたします」

「いつでも歓迎する」

「ありがとうございます」

こうして、私は第十七警邏隊から第一騎兵部に異動することとなった。

第二章　突然の求婚

異動の際、ミリー隊長から餞別《せんべつ》をいただく。それは、騎士団が持て余していた暴れ馬クロウである。なんでも、私以外を背中に乗せないらしい。そんな躾《しつけ》をした覚えはないのだが。

クロウは「ぶるるん、ぶるるん」と鳴き、上機嫌な様子だった。

「とんでもない餞別をもらってしまった……」

横目で見ると、クロウはにんまりと笑ったように見える。なんとも感情豊かな馬だ。

「まあ、馬を持つことなんて生涯縁がないと思っていたし、財産だと思えばいいか。ね、クロウ？」

「ヒヒン！」

私はクロウに跨《また》がり、フェンリル騎士隊、第一騎兵部の騎士舎を目指す。

新しい職場の騎士舎は、王都から馬車で一時間ほどの郊外にある。騎士舎と同じ場所にフェンリル公爵邸があるらしい。

なんと、独身寮は公爵邸の敷地内にあるのだとか。私もそこで、暮らすこととなる。荷物は先に送っていたので、クロウと共に身一つで行くばかりだ。

それにしても、酷《ひど》く緊張してしまう。フェンリル騎士隊の第一騎兵部は、少数精鋭部隊だと聞いていた。名誉なことに、私が初めての王立騎士団から引き抜かれた騎士となるようだ。粗相をしないよう、慎重に行動しなければならない。

クロウに跨がり、森を走り抜ける。少々暴走気味であるが、速度調整以外は言うことを聞いてくれる。やはり、走るのが好きなのだろう。走る際の振動から、「すごく楽しい！」という感情が伝わってきた。

私まで、なんだか楽しくなる。青空の下、思いっきり走るのは気持ちがいい。

けれど、天候はあっけなく悪いほうへと変わっていった。

晴天だったのに、だんだんと霧がかってくる。こちらの方向であっているのか、不安に襲われる。

視覚を奪われるほどの、濃い霧なのだ。

「わー、クロウ。ちょっとゆっくり行こう」

「ヒン」

クロウはまるで私の言葉がわかるかのように、返事をしてゆっくり進むようになった。

途中から方位磁石を片手に、慎重に走る。

「――わっ！」

突然、霧が晴れて、青空が広がった。

「綺麗《きれい》……」

クロウがチラチラと私を気にする素振りを見せる。この天気ならば、走ってもいいだろう？　と言いたいのだろう。

「うん、いいよ。走って」

クロウのお腹《なか》をポンと足で蹴り、指示を出してあげた。

そこから、クロウの爆走が始まる。

「うわっ、きゃあっ！　は、はやっ――！」

舌を嚙《か》みそうになるので、奥歯をぎゅっと嚙みしめる。

暴走ではないので、制御できないわけではないが若干怖い。けれど、走っているうちに慣れてくる。あまりにも天気がいいので、風になったような気分だ。

しだいに、大きなシルエットが見えてくる。二本の尖塔《せんとう》が突きだした、美しい白亜の屋敷だ。まるで、城と見紛《みまが》うほどの立派な建物で、屋敷の周囲は高い塀で囲まれていた。

馬車で一時間と聞いていたが、たった三十分でフェンリル公爵邸に到着してしまった。

暴走寸前の走りのおかげで、時間よりも早く到着したようだ。

鋭い槍《やり》が突き立ったような錬鉄の門の前には、門番が立っている。微動だにしないので、銅像かと思ってしまうくらい姿勢が崩れない。

クロウから下りてビクビクしながら門番へ異動届を見せると、あっさり門を開いてくれた。鉄の門はよく手入れがなされているのだろう、物音一つしなかった。

クロウは、門番が預かるらしい。言うことを聞くか心配だったが、門番が角砂糖をちらつかせると喜んでついていった。

ひとまず、安堵《あんど》する。

門をくぐると、門番が休憩に使う赤煉瓦《あかれんが》の番小屋《ロッジ》が見えた。その先には、美しい庭園が広がっている。

まず、目に飛び込んできたのは、薔薇園《ばら》だ。濃い薔薇の芳香に包まれる。大輪の花を咲かせており、目で見るだけでも優雅な気分になった。

他にも、ガラス製の温室に、噴水広場、季節の草花が植えられたアプローチなど、どこの風景を切り取っても美しいとしか言いようがない。

「――あ！」

両親が好きだった水仙《ダフォディル》を発見し、駆け寄った。まだ、季節《シーズン》ではないため、花は咲いていない。と、ここで、視界の端を白いモフモフとしたものが通過した。

「んん？」

立ち上がってみたけれど、モフモフとしたものはいない。確かにいたような気がしたが、見間違いだったのか。

踵《きびす》を返したが、やはり気になって再び振り返る。すると、木の陰に白い残像が見えた。やはり、何かがいる。

気づかない振りをして、再び踵を返し歩きだした。意識を研ぎ澄まし、耳を澄ませていたら、背後からヒタリ、ヒタリと何かがあとを尾《つ》けていることに気づいた。

歩く速度を速めたり、遅くしたり。白い何かも、同じようについて来る。

それにしても、いったい何が私のあとを追っているのだろうか？

たぶん、魔物などの悪い生き物の類いではないことはわかるけれど。もしも魔物だったら、クロウが落ち着いて敷地内に入るはずがない。

だんだんと距離が縮まってきたので、思い切る。心の中でカウントし、「いっせいのーで！」と声を上げて振り向いた。

私の背後にいたのは、真っ白で大きな犬だった。

「あ、あなたは――――！」

愛らしい耳に、すっと伸びた鼻先、切れ長の青い目、ふわっふわの白い毛、それから、完璧とも言える姿。

それは、私が以前飼っていた『フルモッフ』そっくりの犬だった。

というか、絶対にフルモッフだろう。間違いない。

だって拾ったときと同じ、優しい青の瞳で私をじっと見つめていたから。

こんなところにいたなんて。久しぶりの再会に、じわりと涙が浮かんでしまう。

フルモッフはただただ、動かずに私に視線を向けるばかりだった。

我慢できずに、名前を叫ぶ。

「フルモッフ！」

久々に名を呼んで、駆け寄る。思ったよりも大きかったけれど、構わない。ふかふかの体を抱きしめた。

あんなに小さくて、震えていたフルモッフがこんなにも大きくなっていたのだ。嬉《うれ》しいという感情以外、浮かんでこなかった。

「フルモッフ！　フルモッフ！　もう一生、離れたくない！」

フルモッフは抱きしめられたまま、大人しくしていた。やはり、フルモッフで間違いなかったのだ。でなければ、初対面の女の抱擁なんか、受け入れるわけがないだろう。

「私のフルモッフ！　会いたかった！」

「ほう？　そのような熱烈な歓迎は、初めてだ」

「んん？」

耳元から、成人男性の声が聞こえた。私は一度フルモッフから離れ、周囲をキョロキョロと見回す。フルモッフ以外、誰もいなかった。

じっと、フルモッフを見つめる。その背後にも、人の気配はない。

では、どこから声が聞こえてきたというのか？

「そのように見つめるな。お主の気持ちは、よくわかった」

「んんん？」

私のフルモッフは、流暢《りゅうちょう》に言葉を喋《しゃべ》っていた。理解が、追いつかない。

現実逃避とばかりに、フルモッフの頭を撫《な》でる。気持ちよさそうに、目を細めていた。ふかふかのボリューム感のある尻尾は、ぶんぶんと左右に振られている。

「聞き間違い、だよね？」

「何がだ？」

独り言に、返事があった。やはり、フルモッフは喋っている。パクパクと動く口元から、声が発せられていた。

いきなり喋り始めるだなんて信じられないけれど、フルモッフを撫でる手は止まらなかった。ただの現実逃避だけれど。

「私が、恐ろしくないのか？」

「え？」

「このように大きな犬など、普通ではないだろう？」

「いいえ、怖くはありませんでした」

フルモッフだと思い込んでいたので、恐怖は感じなかったのだろう。しかし、見知らぬ犬だとわかっていたら、近づかなかったかもしれない。

一歩、二歩と後ずさる。冷静になってみると、目の前の犬から知性と気品を感じなくもない。ただの犬ではないのだろう。

もしかしたら、私みたいな変化獣人かもしれない。だとしたら、いきなり抱き着いた私は、ただの変態だろう。

震える声で、問いかけた。

「あ、あの、貴方《あなた》は、フルモッフ、ではないのですか？」

「お前がフルモッフと呼びたいのであれば、好きに呼ぶとよい」

ということは、フルモッフではないということになる。他人の空似ならぬ、他犬の空似だったのだ。

恥ずかしくて、叫びたい気分になったがぐっと堪《こら》えた。これ以上、彼に奇行を見せるわけにはいかない。

冷静になれ、冷静になれと繰り返し自分に言いきかせ、なるべく落ち着いた声で問いかけた。

「えっと、喋ることができるということは、あなた様は、獣人、なのでしょうか？」

「まあ、そんなものだな」

顔がか〜〜っと、熱くなっていくのを感じた。私は、見ず知らずの男性に、抱き着いてしまったのだ。

「ご、ごめんなさい。私――」

「ふっ、面白い娘だ」

突然断りもせずに抱き着く女は、変わり者、もしくは面白いと思われても仕方がないだろう。受け入れるほかない。

しかし、それに続く言葉はなんとも受け入れがたいものであった。

「私の、花嫁にしてやろう」

ヒュウと音を立てて強い風が吹き、どこからか美しい花びらがはらはらと飛んでくる。

風景画のモチーフになりそうな、美しい光景である。だが、これは紛《まが》うかたなき現実だ。

「えーっと？」

今、求婚された気がしたけれど、気のせいだったのか。

青い瞳は、私に熱烈な視線を向けているように見えるけれど……。

結婚？　初対面なのに？　ないないないない、ありえない。

私はすぐに立ち上がり、会釈した。

「あの、私、今から仕事ですので。その、失礼いたします」

深々と頭を下げ、そそくさとその場を去る。追って来たらどうしようと思ったけれど、私に続く足音は聞こえなかった。

重厚感のある玄関口に辿《たど》り着くと、そこから建物をくるりと回って裏口を目指した。

貴族の邸宅の玄関は、住人と客人のためにある。私は仕事でやってきたため、裏口から入らなければならないのだ。

公爵家は、裏口も立派だった。獅子《しし》のドアノックを鳴らしたら、赤毛にそばかすのある十五歳くらいの若いメイドの女の子がひょっこりと顔を覗《のぞ》かせた。

「どちらさまでしょうか？」

「あの、私は、王立騎士団の者で、入隊についてお話を聞きにきたのですが」

「王立騎士団……ああ、入隊をご希望でしたら、お断りするように言われていまして」

「えっと、そうではなくて……」

「書類はお持ちですか？」

「はい」

最初から、異動届を出せば話が早かったのだ。すぐさま取り出し、メイドへ差し出す。

「えっと、こちらをしばしお預かりしてもよろしいでしょうか？」

「ええ、どうぞ」

パタンと裏口の扉が閉められるのと同時に、冷たい北風が吹いた。今日は肌寒い。本格的な冬が訪れようとしているのだ。外套《がいとう》の合わせ部分をぎゅっと握り、寒さに耐える。

それにしても、立派な建物だ。五階建てくらいに見える。屋敷の後方にある、二階建ての建物がフェンリル騎士隊の騎士舎だろうか？　それとも、独身寮か？

キョロキョロと見回していると、裏口の扉が開かれた。焦った顔を覗かせたのは、お年を召した紳士である。

「ノノワール様、申し訳ありません！　情報の伝達が行き届いておらず……どうぞ、中へ」

「は、はあ」

適当な対応から、手厚い対応へと変わる。

メイドがあのような対応をしたことには、深い理由があったらしい。

フェンリル公爵は二十三歳と若く、独身だ。そのため、あの手この手を使ってお近づきになろうと、日替わりで貴族令嬢が押しかけてくるらしい。

フェンリル騎士隊に入隊し、働く中で気に入ってもらおうという手段も、日常茶飯事だったようだ。

そんなわけで、私もフェンリル公爵との結婚を望む貴族令嬢と勘違いされてしまったようだ。

「本当に、申し訳ありません」

「いいえ、お気になさらず。しかし、大変ですね」

「ええ……。旦那様が結婚適齢期であるがゆえに」

「婚約者はいらっしゃらないのですか？」

「はい。私共には、真なる愛を探しているだのなんだのとおっしゃって」

「はあ」

公爵家の妻にふさわしい女性を、フェンリル公爵は探しているようだ。なんというか、他人事なので、大変だなと思うしかない。

「こちらで、旦那様がお待ちです」

「ありがとうございます」

会釈をしたあと、扉をノックする。

「入られよ」

すぐに、返事があった。どこかで聞いたような声だが、気のせいだろう。ドキンドキンと高鳴る胸を押さえ、中へと入った。

中は思いのほか広い。ふわふわの毛皮がかけられた長椅子に座っているのは、モフモフの毛並みを持つ大きな白い犬だった。

「よく、来た」

「はい？」

「メロディア・ノノワール魔法兵、そこにかけられよ」

驚きすぎて、言葉を失ってしまう。体も、銅像のごとく固まってしまった。

「聞こえなかったのか？」

首を横にぶんぶんと振り、ぎこちない動きで部屋の中へと入った。一度会釈をしてから、椅子に腰かける。

部屋を見渡しても、フェンリル公爵はどこにもいない。目の前に、大きな犬がいるだけだ。

いったい、どういうことなのだろうか。頭を抱え込んでしまう。

「ふむ。先ほどぶり、だな」

「え、ええ」

どこかで聞いた声と思ったのは、気のせいではなかった。

目の前にいらっしゃるのは先ほど庭で出会ってフルモッフと勘違いして抱擁し、あろうことか私に求婚してきたモフモフに間違いない。

もしかしなくても、彼がフェンリル公爵なのだろう。念のために、震える声で話しかける。

「あ、あの、本日はお日柄もよく……」

「曇ってきておるぞ」

先ほどまで天気がよかったのに、灰色の雲が広がってきている。まるで、私の心の内を映し出しているかのような空模様だ。

「えっと、私は、メロディア・ノノワールと申しまして」

「私は、ディートリヒ・デ・モーリスである。知っての通り、フェンリル公爵家の当主であり、フェンリル騎士隊、第一騎兵部の隊長でもある」

やはり、彼はフルモッフではなかったようだ。それ以上に、犬が公爵であり、第一騎兵部の隊長である事実に驚きを隠せない。

「あ、あの……フェンリル公爵様、とお呼びしても？」

「ディートリヒと、呼び捨てでいい」

「それはさすがに……」

「呼びかけは、ファーストネーム以外許さない」

「……で、では、ディートリヒ様、で」

「ふむ。まあ、いいだろう。私も、メロディアと呼ぶが、構わないな？」

「ええ、まあ」

呼び方はひとまずおいておき、まずは気になることを聞いてみる。

「ディートリヒ様は、変化獣人、なのですよね？」

出会い頭にも似たような質問をぶつけたが、記憶が曖昧だった。確認のため、もう一度問いかけてみた。

もしも、フェンリル公爵家が獣人の血筋であれば、両親と当時の公爵が連絡を取り合っていた理由も納得できる。

しかし、ディートリヒ様の返答は「否」だった。

「私は、変化獣人ではない。一生、この姿でい続けるように呪われた存在、だ」

もしかしたら、彼もルー・ガルーの一族なのかも、と思っていたがまったくの勘違いだったようだ。危うく、「私も同じ獣人なんです！」と口にしそうになった。

私が変化獣人であることは、まだ言わないほうがいいだろう。両親の事件の真相が明らかになるまで、秘密にしておいたほうがいい。

目の前にいる彼だって、味方であるとは限らないから。行動や言動には、気を付けなければならないだろう。

「いったい、誰がディートリヒ様に呪いをかけたのですか？」

「狼《おおかみ》を使役し悪巧みを繰り返す悪《あ》しき存在――狼魔女だ」

「魔女、ですか？」

「しかり」

魔女と聞いて、胸が嫌な感じにバクバクと鼓動する。

両親が遺《のこ》した謎のメッセージ『魔女に気を付けろ』を思い出したからなのかもしれない。

まさか、両親は狼魔女に殺されてしまったのでは？　そんな考えが、脳裏を過《よぎ》る。

胃の辺りがすーっと冷えて、目眩《めまい》も覚えた。

「メロディア、大丈夫か？」

「え、ええ」

ぶんぶんと首を振り、気持ちを入れ替える。

「すみません、話の続きをお願いします」

ディートリヒ様は、静かに語り始めた。

「我が公爵家は千年もの間、狼魔女と戦っている。この、フェンリル騎士団も、狼魔女と戦うことを目的とした、私設騎士隊なのだ」

「な、なるほど」

フェンリル騎士隊が解決したと言われている誘拐事件や行方不明者の捜索は、狼魔女が絡んでいたらしい。

極秘任務ばかりこなしているため、外に情報が漏れないようにしているみたいだ。

「忌々しいことに、父は、狼魔女に殺されたのだ」

「そう、だったのですね」

「そして――……いや、なんでもない」

ディートリヒ様は何か言いかけていたが、言葉を呑《の》み込む。とても辛《つら》そうな表情を浮かべていたので、追及はやめておいた。

「狼魔女が使役する狼は、もともと人だった存在だ。魔女の呪いによって狼の姿に変えられ、強制的に使役されるのだ」

「ということは、誘拐されたり、行方不明になったりした人というのは、魔女の餌食になりかけていた人達《たち》なのですね」

「そうだ。運がよければ捕まっても狼の姿にされるだけだが、運が悪ければ狼魔女に生きたまま喰《く》われる。絶対に、許すことはできない存在だ」

ゾッとした。平和な王都の裏で、そんな事件が起きていたなんて。

「あの、狼魔女は、なんのために悪事を繰り返しているのですか？」

「それは、わからぬ」

千年もの間、人を狼に変えて使役し、人を襲って血肉を喰らう。それが、狼魔女。

フェンリル公爵家は長い間、狼魔女と孤独な戦いを繰り広げていたらしい。

「現在、第一騎兵部に所属しているのは、私と弟の二人だけだ」

「そう、だったのですね」

「ああ。父や叔父、従兄《いとこ》は、すべて亡くなってしまった」

肉親が、一人だけいるという。

「弟を紹介しよう。ギルバート！」

ディートリヒ様が名前を呼ぶと、扉が開かれる。入ってきたのは灰色がかった短髪に、青い瞳を持つ二十歳くらいの青年だ。背筋は背中に棒か何か入れているのではと思うほどピンと伸びている。

タレ目なせいか、少々あどけない。目鼻立ちは整っていて、生真面目な雰囲気をビシバシと漂わせていた。かけている銀縁眼鏡が、私を見た瞬間キラッと輝いたような気がした。

「弟であり、第一騎兵部の副隊長であるギルバートだ」

「はじめまして、ギルバートです。以後、お見知りおきを」

ハキハキ喋り、深々とお辞儀をする。騎士という言葉を具現化したような人物、というのが第一印象である。

「はじめまして、メロディアです。どうぞよろしくお願いいたします」

丁寧な挨拶をされたので、私もそれに倣って返す。長年騎士を務めていたのに、きちんと背筋が

伸びていたか不安になった。

「ギルバート、彼女はメロディア・ノノワール。第一騎兵部の新しい隊員であり、私の婚約者だ」

思いがけない紹介に、ぎょっとする。間違いのないよう、すぐさま訂正しておく。

「ちょ、ちょっと待ってください！　求婚は、お受けしておりませんけれど！」

「なんだと？」

「なんですって？」

ディートリヒ様とギルバート様が、同時に反応を示す。

恐ろしいことに、ディートリヒ様は目が光り、ギルバート様は眼鏡が光っていた。

「私の求婚を受けないとは、どういうことだ？」

「兄上からの結婚の申し込みを断るなんて、どういうことですか？」

「どうも、こうも、いきなり求婚されても、困ります」

その答えに、目の前にいる兄弟はポカンとしている。

「貴族の結婚は存じませんが、平民は心を通わせ、互いに理解し合ってから結婚します」

「だったら、簡単だ。私と、心を通わせたらいいだけの話である」

「ええ。兄上の素晴らしさを知ってもらえば、結婚せずにはいられないでしょう」

……なんだ、この前向きな兄弟は。思わず口にしてしまいそうになった。

「あの、そもそも、求婚者がたくさん押しかけて困っているとお聞きしました。結婚なさりたくないのでは？」

それに、私は平民だ。大貴族であるフェンリル公爵家の当主様との結婚など、許されないだろう。

「メロディアとであれば、結婚したいぞ。当主の決定に、誰が逆らうというのだ」

「兄上の選んだ女性です。絶対に、間違いありません」

「ええ……」

まったく、答えになっていない。

「なぜ、私なのですか？　家柄がよく、綺麗な女性だってたくさんいたはずです」

「そ、それは…………メロディアに出逢《であ》った瞬間、結婚したいという気持ちが爆発したのだ」

「兄上は、運命を感じたのですね」

一目惚《ひとめぼ》れされた、ということでいいのか。よくわからないけれど。

「いきなり抱き着いてきたものだから、メロディアも私と結婚したいと思っているのだと」

「いきなり異性に抱き着くとか、求愛行為ですものね」

「いや、それは……うう！」

その点は謝罪する。本当に、申し訳なかった。深く深く、頭を下げる。

「あの、実は、昔飼っていた犬に、ディートリヒ様がよく似ておられまして、感極まった結果が、先ほどの行動だったわけなんです」

「フルモッフ、と呼んでいたな」

「はい」

「大切な、存在だったのか？」

「はい。今でも、心から大切に思っています」

「だったら、愛犬からでいい。私との結婚を前提とした付き合いを、検討してほしい」

「え、ええ〜〜……」

愛犬からでいいとか、そんなお付き合いは聞いたことがない。新しすぎる。

「無論、メロディアに強制するつもりはない」

はっきり告げたが、ディートリヒ様の耳はぺたんと伏せられ、目はウルウルしている。

切なそうな顔で見られると、なんだか悪いことをしている気持ちになった。

しかし、思わせぶりな態度はよくないだろう。

「あの、せっかくですが——」

ディートリヒ様のウルウルした瞳が、私の心を射貫《いぬ》く。こんなに愛らしい犬の願いを無下にすることなんて、できやしない。

「え〜っと、愛犬の件はおいといて、どうぞ、これからよろしくお願いします」

「もちろんだとも！」

「よろしくお願いします」

ディートリヒ様は私の前にのしのしと歩いてきて、大きな手を差し出した。

私の手のひらで受け止めきれるのか不安になったが、重さはまったく感じない。その代わりに、ぷにぷにの肉球が手のひらに押しつけられる。

至福のときを味わっていたが、ふと我に返る。

これは――お手では？

「ん、どうした？」

「い、いえ、なんでも」

ディートリヒ様の手を放し、ギルバート様とも握手する。こちらは、騎士らしいごつごつとした手だった。

「ギルバート、メロディアと三秒以上の接触は許さんぞ！」

「無論でございます」

なんだ、その俺様ルールは。

謎に包まれた第一騎兵部は、犬の隊長と、兄命な弟によって編制されていた。

果たして、このメンバーで大丈夫なのか。不安になる。

何はともあれ、私とフェンリル家の兄弟との付き合いが始まった。

同時に、両親の事件についての情報も集めたい。早速、質問を投げかけてみる。

「ところで一つ、お二人にお聞きしたいことがありまして」

「なんだ？」

「ルー・ガルーという種族を、ご存じでしょうか？」

私はルー・ガルーについて、あまりにも知らなすぎる。狼の名を冠する魔女を追いかけている彼らならば、何か知っているのではないか。期待の眼差《まなざ》しを向ける。

「ルー・ガルーか？　なんだろうか？　聞いたことがあるような、ないような。しかし、意味はわからぬ」

「そう、ですか……」

「メロディア、ルー・ガルーとはなんなのだ？」

その問いかけに、ギルバート様が答えてくれた。

「兄上、狼獣人の一族ですよ。月から発する魔力を浴びると、狼化するそうです」

「なるほどな。初耳だ。それが、どうかしたのか？」

「いいえ、狼魔女と何か関係があるのかと思い、聞いてみただけです」

「関係はないが、興味はあるな。ちょっと、調べてみよう」

狼獣人の研究をしていたのは前当主だけで、特に話は聞いていないようだった。しかし、結果的にはフェンリル騎士隊でお世話になることとなった。これも、両親の導きなのかもしれない。心から、感謝した。


一日目は第一騎兵部の任務の説明を聞いたり、狼魔女についての対策を話し合ったりするだけで終わった。太陽が傾きかけたころに、勤務時間の終了が言い渡される。

「このあとは、好きに過ごせ。専属の侍女も用意しておいた」

「え？」

ディートリヒ様が合図を出すと、ブルネットの髪を綺麗にお団子にした美女がやってくる。年の頃は私と同じくらいだろうか。なんだかクールな印象がある。

「メロディア様、仕えさせていただく、ルリと申します。どうぞよろしくお願いいたします」

「え、ええ」

たかが騎士一人に、侍女を付けるなんて破格の扱いだ。必要ないように思えるが、なんとなく遠慮してはいけない雰囲気がある。

「メロディアを部屋に案内してやれ」

「かしこまりました。メロディア様、こちらへどうぞ」

「はあ」

ルリさんはキビキビと廊下を歩いていく。私は小走りであとをついていった。

ふかふかの絨毯《じゅうたん》が敷かれた長い廊下を歩き、煌《きら》びやかな玄関広場《エントランスホール》に到着する。そこから外にある独身寮へ案内されると思いきや、螺旋状《らせんじょう》に延びた主階段《メイン・ステアケース》を上がっていった。

長い廊下を歩き、大きな二枚扉の前でルリさんは立ち止まる。

「メロディア様、こちらが旦那様の私室で、お隣がメロディア様の私室となります」

「え？」

なぜ、ディートリヒ様の隣の部屋が私の私室となっているのか。

「間違いではなく、ここが私の部屋なのですか？」

「ええ。なんでも、部屋がここしか空いていないようで」

こんな広い屋敷の中で、一部屋しか空いていないなどありえないだろう。私なんて、屋根裏部屋でいいのに。

扉が開かれ、「どうぞ」と言われたら入らないわけにもいかない。恐る恐る足を踏み入れると、華やかな内装に目がくらみそうになった。

煌々《こうこう》と輝く水晶のシャンデリアに、精緻な蔦《つた》模様が織り込まれた絨毯、艶のある美しい円卓に、見ただけでふかふかだとわかる長椅子。それから、レースの天蓋付きの豪華な寝台。

「続き部屋となっているお隣が専用の浴室《バスルーム》と手洗い《プリヴィー》、衣裳部屋《ドレッサールーム》のお向かいが書斎《ライブラリ》となっております」

私のために用意された品々なのに、物語の世界を覗き込んでいるような気分になる。「ほー」とか、「へー」とか、他人事のように聞いてしまった。

「以上でございます。何か、質問などございますでしょうか?」

「ここ、本当に私の部屋なのですか?」

「ええ。すべて、メロディア様のためだけに、用意された部屋でございます。ここにある物は、すべてご自由にお使いください。私を含めて」

「そ、そうですか!」

すごい、以外の言葉が出てこない。おおよそ、一介の騎士の扱いではないだろう。

まだ、ディートリヒ様の婚約者というほうが、しっくりくる。

犬のディートリヒ様と、狼の私。並んだら、お似合いにしか見えないだろう。

「いいや、ありえない!」

「え?」

頭を抱え叫んでしまった。ルリさんから怪訝《けげん》な表情で見られてしまった。なんでもないと言ってごまかした。ついでに、犬と狼のマリアージュも、脳内から追い出しておく。

「浴室に湯を用意しております。よろしかったら、先にお風呂をどうぞ。お手伝いが必要であれば、数名呼びますが？」

「いいえ、必要ありません」

夜になったら狼化するので、早くお風呂に入ってしまわなければ。

「あと、夜のお食事は部屋でそれぞれ召し上がることになっております。ご理解いただけたら幸いです」

ディートリヒ様が犬だからだろうか。その点は、ホッとする。

「あ、給仕は必要ありませんので、料理を並べておいていただけたら嬉しいです」

「かしこまりました」

狼の姿は、なるべく他人に見られたくない。隠し通すなんて難しいだろうが。

とりあえず、急いでお風呂に入ることにした。結んでいた髪を解き、隣にある浴室に移動する。

「わあ……」

浴室は白薔薇《しろそうび》柄のタイルが張られていた。床は白い大理石で、猫足のバスタブが置かれている。湯は白く、甘い香りが漂っていた。まるで、お城に住むお姫様のような待遇である。ただ、うっとりと夢心地に浸っている時間はない。早くお風呂に入らないと、狼化してしまう。

手早く髪と体を洗う。なんと、ここの家には洗髪剤《シャンプー》と美髪剤《リンス》があった。

最近異国の地より伝わったもので、一部の高貴な女性しか使えないとまで言われていた逸品である。蓋を開き、くんくんと香りをかいだ。濃厚な、薔薇の芳香がただよってくる。

手に取るとねっとりしている。それなのに、濡《ぬ》れた髪に揉《も》み込むと驚くほど泡立つのだ。

なんていい香りなのか。思わずうっとりしてしまう。

美髪剤はカスタードクリームみたいで、泡立たない。しかしお湯で流したあと、髪が驚くほどしっとりしていた。いつもの、キシキシとした感じは一切ない。

石鹸《せっけん》は柑橘系《かんきつけい》の爽やかな香りで、びっくりするほどモコモコに泡立つ。お湯で流すと、さっぱりとした気分になった。

ここのお風呂は、なんてすばらしいのか。感激してしまう。

少しだけのんびり湯に浸《つ》かっていたのが、よくなかったのだろう。

髪を乾かしたあと、いつもの発作が現れる。狼化が始まるのだ。

息が荒くなり、あっという間に意識が朦朧《もうろう》となる。風邪を引かないよう、大判の布を体に巻き付けて倒れ込んだ。

目覚めると、いつもの狼の姿になっていた。浴室には、全身を映すことができる鏡があったので、自分の姿を確認してみた。

ミリー隊長の家に姿見はなかったので、実は狼の姿を見るのは初めてである。いったい、どのような狼になっているのか。

ピンと立った耳に、まん丸な緑色の目、長い鼻先に、鋭い牙、長くふさふさの尻尾。そして、濃い紫色の体毛と、紛うかたなき狼だ。

ただ、野生の狼のように、獰猛《どうもう》そうではない。犬のように、愛嬌《あいきょう》のある見た目に近い。自分で言うのもなんだけれど。狼には見えないので、ミリー隊長は私を保護してくれたのだろう。

狼の私が可愛《かわい》くてよかったと、心から思ってしまった。

寝室兼居間のほうでは、食事の準備が整っているようだ。先ほどから、いい匂いが浴室にまで流れてきている。人の気配もないようなので、移動した。

扉は狼化した時のことを考えて、少し開けておいたのだ。鼻先で突くと開いた。

部屋の中心にある円卓には、白いテーブルクロスがかけられていた。前足をかけ、円卓に置かれた料理を覗き込む。

「わ……！」

グラスには葡萄果汁《グレープジュース》が注がれており、ジャガイモのポタージュに前菜のキノコのテリーヌ、魚のパイ、メインのアヒルのローストに、貝のグラタン、ニンジンのサラダにチーズの盛り合わせ、食後のデザートは木苺《きいちご》のタルトと果物の盛り合わせだ。豪華な料理が所せましと並べられている。

思わず、涎《よだれ》をゴクンと飲み込んだ。私のために用意された料理なので、食べても問題ないだろう。

しかし、どうやって食べようか。椅子に跳び乗ると、目の前にスープが置かれていた。匙《さじ》を持つことなんてできない。このまま飲むしかないだろう。

お行儀は悪いけれど、仕方がない。

神に感謝を、と言ったつもりが「わうわう」としか聞こえなかった。ディートリヒ様は喋ることができるのに……。呪いのかかった犬と、変化獣人の違いなのか。

ジャガイモのポタージュを飲もうとしたが、吸えない。狼の口は、水分を吸えない構造なのだろう。ならば、どうすればいいのか。犬が水を飲むときのように、舌を使うしかない。

真っ白なテーブルクロスを汚さないよう、慎重に飲んだ。気を遣っていたからか、ポタージュの味はほとんどわからなかった。牛乳をふんだんに使ったスープなんて、めったに口にできないのに。

魚のパイは食べやすかったので、丸呑《まるの》みしてしまった。端にちょこんと添えられているソースを舐《な》めたら、とてもおいしかった。上品にナイフでカットしながら、ちょびちょび食べたかった。

アヒルのローストなんて、骨までバリバリ食べてしまう。お皿を片付けるときに、「イヤだわ、あのお嬢さん、骨ごと食べるなんて、野蛮！」なんてルリさんに思われたらどうしよう。

貝のグラタンは器の殻ごと食べないように、慎重に食べ進めた。なんだか疲れてしまう。

サラダを食べていると、ミリー隊長が散歩に連れて行ってくれたときに食べた雑草の味を思い出してしまう。「メロディア魔法兵、それは雑草だ！」と言われるまで、気づかずにパクパク食べていた。なんだか、雑草がおいしそうに見えてならなかったのだ。

チーズの盛り合わせを食べていると、ミリー隊長がご褒美にくれたチーズの味が甦《よみがえ》る。あれは、本当においしかった。

デザートも丸呑みする勢いでいただき、食事の時間は終わる。案外、ナイフやフォークを使わずとも、なんとかなるものだ。上品に味わいたかった気もするけれど、この姿なので仕方がない。

何はともあれ、ごちそうさま。

一時間後――寝室で休んでいたら、ルリさんが扉の外から声をかけてきた。

「メロディア様、ホットミルクを持ってまいりました」

「……」

狼の姿では喋ることができない。もう一度ルリさんは声をかけるが、「わん」としか言えないので返事はできなかった。

「……では、十秒数えますので、そのあとに入りますね」

なんてできた人なのか。心の中で感謝しつつ、ルリさんが十秒数えている間に布団の中へと潜り込んだ。

体が見えないよう工夫しつつも、布団とシーツの隙間から部屋の様子を窺《うかが》う。

「失礼いたします」

扉が開かれ、ルリさんはワゴンを押して入ってきた。

ホットミルクの甘い香りと、焼き菓子の匂いがした。食事を終えたばかりなのに、自然と尻尾が左右に揺れる。狼化すると、鼻が利きすぎる上に食いしん坊になるので困る。

「メロディア様、お休みになっていらっしゃったのですね。お好きなときに、召し上がってくださいまし」

ルリさんはそう呟《つぶや》きながらも、テキパキと円卓の上を片付けている。新しいテーブルクロスがかけられ、その上にカップとお菓子が置かれた。

「カップなどは明日の朝片付けますので」

そう言って、部屋から出て行った。

ルリさんの足音が遠のいたのを耳で確認したあと、寝台から這《は》い出る。

そして、円卓に用意されたホットミルクとお菓子を堪能させてもらった。

焼き菓子は今が旬のリンゴを使ったパイだ。表面にパリパリとした飴《あめ》が塗られていて、キラキラと輝いていた。口に含むと、飴のパリパリにパイ生地のサクサク、リンゴの甘露煮のシャクシャクと、さまざまな食感があってとてもおいしい。

このリンゴパイと、ホットミルクが驚くほど合うのだ。

それにしても、このホットミルクはおいしい！　だが、人間用のカップだといささか飲みにくい。アツアツなので、舌を火傷《やけど》しそうにもなった。この辺は、修業が必要なのかもしれない。

その後、眠くなって布団に潜り込んだ。布団はふかふかしていて、枕の下に薬草が挟んであるのでいい香りがする。

今日一日、いろんなことがあった。

フルモッフと似た犬を見かけて興奮し、その後求婚され、贅沢三昧《ぜいたくざんまい》な待遇を受け、狼魔女の話を聞いてゾッとして、心地よいお風呂に歓喜。それから、ホットミルク飲みに苦戦する。

いろいろ、ありすぎた。中でも胸に引っかかるのは、狼魔女について。

両親が遺したメッセージの魔女が狼魔女のことだとしたら、私にも関係のない話ではないだろう。

この先、どうすればいいのか。考えても、答えは見つからない。

ふわ～～と欠伸《あくび》をしたのを最後に、ぐっすり眠ってしまった。

◇◇◇

シャッと、カーテンが開く音で目が覚める。

「ううん……」

「メロディア様、おはようございます」

「おはようござい……ます!?」

びっくりして、飛び起きた。いつもと同じ朝だと思っていたら、ぜんぜん違う。

そうだった。私は第一騎兵部に配属されて、フェンリル家のありえない待遇の中で暮らすこととなったのだ。姿を確認すると、人に戻っていたのでホッとする。

起き上がろうとしたら、全裸であることに気づいた。シーツをかき集め、体を隠す。

ルリさんも私が服を着ていないことに気づいたのか、顔色一つ変えずにガウンを持ってきてくれた。そういえば、貴族の人達は裸で眠るという話を聞いたことがあった。もしかしたら、慣れっこなのかもしれない。

「こちらをお飲みください」

「え?」

いきなり紅茶を差し出される。これは、目覚めの一杯と呼ばれる、寝台の上で飲む紅茶らしい。

貴族は、なんて優雅な生活をしているのか。

寝台用のテーブルが用意され、香り高い紅茶が置かれる。渋みの強い紅茶を飲むと、すっきり目が覚めた。

その後、お湯が張られた盥《たらい》が寝台のテーブルに置かれた。薔薇の精油でも垂らしているのか、とってもいい香りがする。

「あ、あの、このお湯の用途は、なんなのでしょうか？」

「顔を洗うものです」

「こ、ここで洗うのですか!?」

「はい」

「ふ、布団が濡れますよ!?」

「寝具は一日使ったら、すべて取り替えるので、濡れてもなんら問題はありません」

ルリさんはクールに言い切った。

生まれて初めて、布団の上で顔を洗う。落ち着かない時間だったのは、言うまでもない。

その後も、布団の中で歯を磨き、着替えまで手渡される。

用意されたのは、王立騎士団の騎士服ではなく、真新しい深緑のドレスである。持ち上げると、スカートがふんわりと膨らんだ。生地には光沢があり、なめらかな触り心地から、最高級品であることがわかる。

シンプルな意匠ながら、控えめにフリルやリボンがあしらわれており、大変品のあるドレスである。ほーと、声を上げながらまじまじと見入ってしまった。

「あ、あの、このドレスを、着るのですか？」

「もちろんでございます。メロディア様のためだけに、用意した一着です」

「しかし、お仕事をするのに、このドレスは動きにくいのでは？」

「お仕事をするときには、ふさわしい服を用意しますので」

「そ、そうですか」

いいから着なさい、という気迫をビシバシと感じる。

用意されていたのはドレスだけでなく、下着類に櫛《くし》、リボン、化粧品一式まであった。高級ホテルでも、これほどの品は置いていないだろう。慄《おのの》きながらも、ありがたく使わせていただく。

「では、お着替えの手伝いを――」

「いえっ、大丈夫です！　自分でできますので」

ドレスは立ち襟で、前身頃にボタンがびっしりとあるタイプだった。一人で着ることができるだろう。

「かしこまりました。それでは、着替えが終わられましたら、ベルを鳴らしてくださいまし」

「は、はい。ありがとうございます」

ルリさんは丁寧に会釈し、寝室から去って行く。は――――と、深い深いため息が出てしまった。

着替えをする前に、ハッとなる。慌ててシーツを捲《めく》った。

「よかった……ない」

狼の姿のときに抜けた毛が寝具に付いているのではないかと、心配になったのだ。大丈夫だ、毛は付いていない。

もしも、私の髪色や長さと異なる毛がシーツや枕に付着していたら、気味が悪いだろう。狼獣人であることを隠すには、この辺も注意する必要がある。あとで、毛足の長い絨毯に狼の毛が付着していないか、見に行かなければ。

着替えを終えると、ルリさんがやってきて化粧と髪結いを怒濤《どとう》の勢いで施してくれた。

これも遠慮したのだが、化粧と髪型は貴族風のものがあるからと言われて、断ることができなかったのだ。

控えめだけれど華やかな化粧をしてもらい、髪は三つ編みをクラウンのように巻いたハーフアップ状にまとめてもらう。

「メロディア様、いかがでしょうか？」

鏡の向こうの私は大変垢抜《あかぬ》けて、綺麗に見えた。けれど、コメントする元気はなく、お礼だけ伝えた。

「その……ありがとうございます」

なんだか、朝からドッと疲れてしまった。

ドレスを引きずって、食堂を目指す。長方形の細長い食卓には、継ぎ目のない大きなテーブルクロスがかけられていた。いったいどうやって作っているのか、気になってしまう。

次々と使用人がやってくるものの、ディートリヒ様やギルバート様の姿はない。

紅茶を持ってきてくれた給仕係のお兄さんに、声をかけてみる。

「あの、ディートリヒ様やギルバート様は、別の時間に召し上がるのですか？」

「いえ、お二方は自室で召し上がっているようです。ギルバート様は、たまに食堂にいらっしゃいますが」

「そうだったのですね」

ホッと胸をなで下ろす。貴族の方々と食事を共にするのではとドキドキしていたが、杞憂《きゆう》だったようだ。

一応、食事の作法は騎士団で習っていたけれど、あまり自信がなかったのだ。

優しそうな給仕係のお姉さんが、優しく微笑《ほほえ》みながら料理を配膳してくれる。

焼きたての三日月パンに、カボチャのポタージュ、色とりどりのサラダ、カリカリに焼かれたベーコンにゆで卵と白いソーセージ、それから小型のボウルに注がれたカフェオレ。

どれもこれも、涙が出るほどおいしい。狼の姿ではないので、存分に味わって食べられる。

独身寮にいた時は、食事は戦争だった。しかし今日は、のんびりと食べてもいい。

「う～ん、おいしい！」

思わず感想が口から出てしまうほどの、絶品料理の数々だった。

朝食を堪能したあとは、クロウの散歩に出かける。新しい環境の中で暮らすこととなったクロウだが、今日も元気いっぱいだった。

厩番《うまやばん》のお姉さんと話したのだが、ディートリヒ様の愛馬にかわいこちゃんがいるらしい。クロウは楽しい夜を過ごしていたようだ。

「クロウ、綺麗に梳《けず》ってもらって、よかったねえ」

「ヒィン！」

さすが、プロのお仕事と言えばいいのか。厩番のお姉さんのブラッシング技術はかなりのもので、クロウの毛並みはピカピカだった。

昼間は、馬用の柵の中で自由に過ごせるらしい。

「あなたも高待遇になってよかったね」

クロウは「ヒヒン」と嬉しそうに返事をしていた。

朝の散歩を終えたあと、朝礼をするためにディートリヒ様の執務室へと向かう。

第一騎兵部の騎士舎はないらしい。活動はすべて屋敷の中で行っているようだ。

屋敷の裏手にあった二階建ての建物は、使用人の宿舎らしい。

「こちらが旦那様の執務室です」

「ありがとうございます」

ここから、ルリさんとは別行動となる。

扉を叩《たた》いて声をかけると、すぐに返事があった。

「入られよ」

「失礼いたします」

入ると、中の様子に驚く。書斎も兼ねている執務室だが、窓以外の壁一面にびっしりと本が並んでいた。

「驚いただろう？　ギルバートの趣味でな」

視界の端に、誇らしげなギルバート様の姿が映り込んだ。

「文官になれと言っていたのに、騎士隊の仕事をすると言って聞かなくてな」

「私が協力しないと、第一騎兵部は誰もいなくなってしまうではありませんか」

「そうだが……」

第一騎兵部は今まで、フェンリル家のみで運営されていたらしい。親族は亡くなったと話していたが、詳しい内容を聞いていいのか悪いのか。

「メロディアよ、たった二人だけなのが気になる、という顔をしているな？」

「え？　あ、はい……」

「簡単な話だ。他の親族は皆、狼魔女に喰われてしまっただけだ」

「なっ！」

話を聞いた瞬間、全身が粟立《あわだ》つ。

「そんな事情だったとは、すみません」

「いいや、今から話そうとしていたのだ」

フェンリル家は千年もの間、狼魔女と戦ってきた――と、途方もない昔の話をディートリヒ様は語り始める。

「千年前、当時の当主の妻を、狼魔女が攫《さら》ったことが戦いのきっかけだったらしい」

フェンリル家の当主は妻を助け、狼魔女に報復した。

「狼魔女に大打撃を与え、勝利した——と、思っていた。しかし、狼魔女は死んでいなかった」

狼魔女は、フェンリル家を恨んだ。そして、フェンリル家を敵対視し始めた。

人を拐《かどわ》かし、狼の姿に変えて下僕にすることもあれば、血肉を啜《すす》って寿命を長らえることもあったという。

想像を絶する悲惨な話に、胃がスーッと冷えて、お腹の辺りがモゾモゾするような心地悪い状態となった。

「それから千年もの間、私達フェンリル家は狼魔女と戦ってきた」

歴代当主の中でも、ディートリヒ様のお父様は大きな力を持っていたらしい。剣の才能があり、頭も切れ、人格者でもあったという。

しかし、そんなディートリヒ様のお父様も、狼魔女に殺されてしまった。

「父を喰らい、狼魔女はさらなる力をつけ、私達に牙を剝《む》いている」

先月、魔女との戦いで一族の者を、亡くしてしまったらしい。

「今まで一族の者のみで狼魔女と敵対していたが、このままではいけないと思い始めた。そんな中で、奇跡の回復魔法を使うメロディアの噂《うわさ》を聞いた」

「はい」

「私達はこの戦いに、命を懸けている。それでも、我が部隊で共に戦ってくれるか、問いたい」

どうやらそれが、私の呼ばれた理由だったらしい。

ドクンと、胸が大きく鼓動した。半端な覚悟では、任務に参加することすら許されないのだろう。

「安心してくれ。もしも、難しい場合は、事務の仕事を手伝ってもらおうと思っている。メロディアが我が第一騎兵部の仲間であることに、変わりはない」

もしかしたら、両親が忠告していた魔女は狼魔女のことなのかもしれない。

私は知りたい。両親が亡くなった事件の真相を。任務に参加することによって、知る権利を得られるような気がしたのだ。しっかりとディートリヒ様を見て、答える。

「私は、狼魔女と戦います」

「本当に、いいのか？」

「はい。実は、亡くなった両親が、魔女と関わっていたようで──」

そう告げた瞬間、ディートリヒ様の青い目が揺れたような気がした。もしかして、何か知っているのか。ありったけの勇気を振り絞って、問いかけてみる。

「あの、ディートリヒ様はご存じなのですか？　八年前、今くらいの時季にあった事故なんです」

「……父が、絡んでいた事件かもしれない。しかしその事件については、一切教えてくれなかった。事件についての詳細も、公表されていない。伯父上……国王に教えてくれるよう頼んだが、父の遺言で教えることはできないと」

「そう、だったのですね」

やはり両親の事故が起きた日に、何かがあったのだ。

当時の記憶が甦り、目眩《めまい》を覚える。が、フラフラしている場合ではない。両方の足でしっかり立ち、狼魔女と戦わなければならないのだ。

騎士団に入って、本当によかった。騎士で在り続けていた結果、強い心と根性を自然と身につけていたのだろう。

ディートリヒ様が傍《そば》にやってきて、心配そうに私を見ていた。

「メロディア、大丈夫か？」

「はい。ご心配なく」

優しい人だ。家族を亡くし、弟だけを支えにやってきたような人なのに、私まで気にかけてくれるなんて。

これから私は、今まで以上に強くならないといけないだろう。

まっすぐ、ディートリヒ様を見つめる。そして、決意を語った。

「何が起きたのか、私は知りたいのです。だから、任務に参加させてください」

両親が関わった事件について、知りたいというのが最大の動機だ。けれど、過去ばかり振り返るのはよくないだろう。

私は、未来を見たい。魔法兵として期待し、手を差し伸べてくれたディートリヒ様のもとで希望を切り開きたいのだ。思いの丈のすべてを、ディートリヒ様に伝える。

「未来、か。そうだな。私達は、過去よりも明るい未来を手にしたい。メロディア、これからは、共に戦おう！」

ディートリヒ様は、私に手を差し伸べる。同じように手を差し出したら、ディートリヒ様はそっと手を置いてくれた。強い瞳を向けられて、私は深く頷《うなず》いた。

傍《はた》からはお手をする犬にしか見えないだろうが、ディートリヒ様の意思は確かに受け取った。

第三章　狼魔女を追って

狼《おおかみ》魔女は日々、若い貴族令嬢の誘拐を目論《もくろ》んでいるらしい。ギルバート様が事件の資料を広げてくれる。

「というのも、呪いの力を高めるには、十五歳までの若い令嬢の血肉が一番だから、という闇魔法使いの魔法書に書いてありました」

狼魔女は、今はなき闇魔法を使うらしい。闇魔法というのは、ありとあらゆる命を媒体に使う呪われた魔法のようだ。

「これまで、フェンリル騎士隊では、三百名以上の貴族令嬢を救出しています。しかし、狼魔女の犠牲になった者の数は、残念ながらそれ以上なのです」

ゾッとするような話だ。

社交界のシーズンは、もっとも誘拐事件が頻発するらしい。王都に国中から貴族が集まっているので、無理もないだろう。

警戒を呼びかける中で、つい先日も事件が起きてしまったようだ。

「被害者は、マリーローズ・ド・セロテン嬢」

借りてきたらしい肖像画がテーブルに置かれた。金髪碧眼《へきがん》の、綺麗《きれい》なお嬢様である。

事件が起こったのは、先日の夕方。招かれたお茶会に行くため、侍女を伴い四頭立ての馬車で向かったようだ。

「王立騎士団の騎士が捜索をしたが見つからず、目撃者もいないことから、魔女の仕業と判断されたようで、うちの部隊にも捜索依頼が届きました。乗っていた馬車すら、発見されておりません」

「馬車ごと、忽然《こつぜん》と消えた、と」

「そうですね」

ディートリヒ様は報告書に穴が開きそうなくらい、じっと見つめていた。

狼魔女への怒りで、真っ白の毛がむくむくと逆立っているようにも見える。

「兄上、どう思われますか？」

「調べてみないとわからないな」

「ではさっそく、調査に向かいましょう」

「では、騎士隊の制服に着替えを――」

なぜか朝から用意されていたのは騎士隊の制服ではなく、シルクサテンの上品なドレスだった。

「いいや、メロディア。そのままで構わない。私達《たち》は、表立って活動している騎士ではないからな」

「ああ、そうでしたね」

騎士の恰好《かっこう》だと目立ってしまうので、私服で出かけるようだ。ギルバート様も、シャツにベスト、ズボンという普段着である。

「すぐに出かけよう。準備を」

「はっ！」

見た目は白い犬であるディートリヒ様の準備とはいったい。そんな疑問を浮かべていたら、従僕が首輪と散歩紐《ひも》を持ってくる。首輪は素早く装着された。

すぐさま、今から散歩に行く犬の姿となる。

これはいったい……？　と私に突っ込む暇を与えず、ディートリヒ様は叫んだ。

「よし、いいな。準備完了！」

ディートリヒ様は散歩紐の持ち手を銜《くわ》え、私の手の上に置いた。

「メロディアが私の紐を引いてくれ」

「ええ、私が、ですか？」

「昨日、約束しただろう。愛犬から、始めてほしい、と」

「え？　あ……まあ」

「その散歩紐を引いていたら、自《おの》ずと私の素晴らしさもわかるはず」

「そう、ですか」

犬の散歩みたいなことをしてわかる、ディートリヒ様の素晴らしさとはいったい……？

思わず明後日《あさって》のほうを向いていると、ギルバート様が仕込み刃入りの杖《つえ》を用意していることに気づく。

私も、魔法の杖を部屋に取りに行かなければ。しかし、ドレス姿に魔法の杖は街中で目立ちそうだが。

そんなことを考えていたら、ルリさんが私の傍《そば》にやってくる。

「メロディア様はこちらを」

ルリさんが差し出したのは、日よけの傘である。先端は宝石のようにキラキラ輝き、布には百合《ゆり》の花が描かれている美しい一品だ。しかし、よくよく見たら、柄に蔦《つた》模様のような呪文が彫られていた。

開いてみると、内側に魔法陣が描かれていた。当然、普通の傘ではない。

「あっ、これ、もしかして魔法の杖ですか？」

「はい。持ち手はオーク材を使用し、魔女の呪いを弾《はじ》き返すまじないが描かれているようです。布はアイボリーの生地にレースを合わせました。先端はダイヤモンドです」

ダイヤモンドと聞いて、ぎょっとする。魔法の杖に使われると聞いたことがあるが、現物を見たのは初めてだ。

とても、優雅で洗練された上品な日傘である。

「これをお借りしてもいいと？」

「いいや、それは私からの贈り物だ」

「ディートリヒ様からの？」

「ああ」

素敵な贈り物だ。ひと目で心を奪われてしまった。

かなり高価な品だろう。本当にもらっていいものか。ちらりと、ディートリヒ様を見る。

「なんだ？」

「い、いえ、私にはもったいないお品のように思えて……」

「ふさわしいか否かは、私が決める。それは、メロディアのためにあつらえた品だ」

「私のために？」

「あ、いや、偶然、商人が持ってきたので、選んだ。私の気持ちがこもっている。つき返すことは許さない」

「あ、はあ」

気持ちと言われてしまったら、お返しするわけにはいかない。素直に受け取っておこう。

「あの、ありがとうございます」

「気に入ったか？」

「はい、とても！」

最後に、つばの広い帽子を被《かぶ》せてもらう。これも、レースとリボンが幾重にもほどこされていて、とても可愛《かわい》らしい。なんだか、お人形になった気分だ。

「メロディア、似合っている。可憐《かれん》だぞ」

「ありがとうございます」

異性に褒められた記憶がないので、照れてしまう。思わず、帽子のつばで顔をかくしてしまった。

「では、行こうぞ」

準備が整ったので、出発となる。ディートリヒ様を紐で引くのは微妙な気持ちになったが、これも仕事だと割り切ることにした。

馬車に乗り込み、街へと向かう。

「まず、街で調査を行う。騎士隊とは違う方法で行うゆえ、メロディアはよく覚えておくように」

「承知いたしました」

深い森の景色から、街の景色へと変わっていく。

ぼんやりと街並みを眺めている中でふと気づく。

ディートリヒ様のような大きな犬が街中を歩いていても、大丈夫なのかと。

「あの、ディートリヒ様」

「なんだ?」

「その、ディートリヒ様は犬としては大きすぎると思うのですが、そのまま歩いても平気なのでしょうか?」

「問題ない。ほれ、あちらを見よ」

促された視線の先には、ディートリヒ様と同じくらいの大きな黒い犬が散歩していた。

「あれは――!」

「世界でもっとも大きな犬だ。最大で、二メートルを超えるらしい」

貴族の間で流行《はや》っている犬種だという。大きければ大きいほど、美しいとされているのだとか。

「あれは、数年前にフェンリル公爵家が流行らせた犬だ」

「もしかして、ディートリヒ様が街中を歩いても目立たないように、ということですか?」

「その通り」

ディートリヒ様と同じくらい大きな犬はごくごく普通に存在している。そのため、街を歩いても怖がられたり、奇異の目で見られたりすることはないようだ。

「今まで、見たことはありませんでした」

「数はそこまで多くないからな。この辺りは貴族街だから、頻繁に目にすることとなるだろう」

そんな話をしているうちに、目的地であるセロテン家に到着した。マリーローズを送り出した侍女と従僕を呼び出して、話を聞くようだ。

玄関から入ろうとしたら、執事より制止がかかった。

「あの、犬はちょっと……」

確かに、と言いそうになったところで、ギルバート様が割って入る。

眼鏡のブリッジを押し上げ、レンズをキラリと輝かせながらまくしたてる。

「こちらは、行方不明となった人物を百名以上捜し出した名犬です。普通の犬ではありません」

ギルバート様の勢いに、執事は完全に圧されていた。

「名犬です!!」

「あ、ああ、そうでしたか。それは、失礼いたしました。どうぞ、名犬様も、中へ」

物は言いようである。あっさりと、ディートリヒ様の入場が認められた。

応接間に案内され、侍女と従僕から話を聞くことにした。

「マリーローズお嬢様は、昨日のお昼過ぎに侍女のレイラを伴って出かけました」

「特に変わった様子はありませんでした」

騎士隊の報告書にあった以上の供述は得られない。ここで、ギルバート様が動く。

懐から何かを取り出し、二人の前に突き出して見せた。

ペンダントのように見えるが、どうやら違うようである。

「あれは……？」

「振り子魔法《ペンデュラム》だ」

チェーンの先端に水晶がついた振り子を、ギルバート様は二人の目の前にぶら下げる。

「水晶に魔法がかけられており、左右に振ると魔法が展開される。潜在意識の中に潜り込んで、真実を聞き出すのだ」

「な、なるほど」

これが、王立騎士団とは違う、フェンリル騎士隊の調査のようだ。

ギルバート様は振り子のチェーンを握り、何かしら呪文を呟《つぶや》いている。そして、ゆらゆらと左右に動かし始めた。

「メロディア、あまり見ないほうがよい。魔法にかかってしまうぞ」

「あっ――！　そう、なのですね」

言われる前に、若干術にかかっていたかもしれない。ぶんぶんと首を横に振り、なんとか意識をはっきりさせる。

そして、ギルバート様の持つ振り子ではなく、事情を聞く男女に目を向けた。

振り子を前にした侍女と従僕の目は虚《うつ》ろになる。そんな二人に、ギルバート様は優しい声で問いかけた。

「昨日、マリーローズ嬢を送り出す時、異変はありましたか？」

「……宝飾品を、たくさん、準備するように、命じられました」

「……それから、銀器もなるべくたくさん鞄《かばん》に詰めるよう、命令されました」

「なるほど。それから、他には何か？」

「……肉、それから、お菓子と、果物」

「……酒も、用意するようにと」

馬車の中に宝飾品に銀器、食料に酒を積んで、出発したらしい。

「どちらのほうへ行かれましたか？」

「……森、西の、森」

「……黒い狼に、導かれて」

「わかりました」

ギルバート様は振り子を動かすのをやめ、パン！　と手を叩《たた》く。すると、侍女と従僕はハッと肩を揺らし、我に返ったようだった。

「私達は、今まで何を？」

「どうして、ここに？」

どうやら、狼魔女の魔法にかかっていたようだ。

調べたところ、マリーローズ嬢の宝飾品はなくなり、銀器もごっそり持ち出されていた。二人の供述は、間違いないようだ。

「マリーローズ嬢の私物をお借りできますか？」

「は、はい」

用意されたのは、ハンカチだった。

「ディートリヒ様、あのハンカチを、調査に使うのですね？」

「ああ、そうだ」

「先ほどの振り子魔法のように、フェンリル騎士隊独自の調査方法なのですか？」

「そうだ。他の部隊には、真似《まね》などできぬだろう」

ディートリヒ様はキリッとした表情で、言葉を返す。果たして、あのハンカチをどう使うのか。気になるところだ。

セロテン家の使用人を退室させてから、行動を開始する。ギルバート様はハンカチを掴《つか》み、ディートリヒ様の前にしゃがみ込んだ。

さっそく、特殊調査を始めるらしい。ドキドキしながら、見守る。

「兄上、これを」

「ふむ」

ギルバート様は、ハンカチの匂いをディートリヒ様にかがせていた。

ハンカチを鼻先に近づけるのではなく、ぐいぐい押し当てるというゼロ距離方式である。本場

（?）のやり方だ。

「なるほどな」

どこからどう見ても、探査犬が行方不明者の私物の匂いをかいでいるようにしか見えない。

特に魔法は展開されないまま、ディートリヒ様の鼻先からハンカチが離された。

「あ、あの、それは、どういう意味が？」

「マリーローズ嬢の魔力を探っているのだ」

「あ、さようでございましたか」

これは、犬の姿でのみ使えるものらしい。匂いをかいで探索するわけではないようだ。

特殊調査には違いないが、なんかこう、すごく犬っぽかった。

気持ちを入れ替え、調査を開始する。

「では、出発するぞ」

「ええ」

「承知しました」

セロテン家をあとにし、私達は森のほうへと出発する。私とギルバート様は馬車に乗り込む。

ディートリヒ様は馬車を先導するようだ。自慢の鼻でかぎ取ったマリーローズ嬢の魔力を頼りに、森の中を捜す。

西の森は鬱蒼《うっそう》として、気味が悪い。魔物も出現するので、騎士隊の任務でも何度か調査に入ったことがある。

ギルバート様と二人、気まずい時間を過ごしていた。気の利いた会話なんて、まったく思いつかない。ディートリヒ様の前では笑顔をよく見せるものの、私しかいないと無表情であった。もしかして、大好きなお兄様と一緒に活動するフェンリル騎士隊に私が入ったことを、よく思っていないのか。

当然、確認などできるはずもなく……。

息が詰まりそうになったのと同時に馬車が停《と》まった。

「ギルバート、メロディア、外に」

何かを発見したらしい。ギルバート様に続いて、外に出る。

辿《たど》り着いた場所は、行き止まり。蔓《つる》に覆われた大きな岩肌が見えていた。

そんな状況の中、ディートリヒ様はくんくんと地面の匂いをかいでいた。やはり、ああやって捜すのか。正直、犬にしか見えないが。

「マリーローズ嬢の魔力が、ここで途切れている」

「ここから、狼魔女の結界が張られているのかもしれません」

ギルバート様は仕込み杖を抜いて、近くにあった木に投げつける。すると、パチンと何かが弾けるような音が鳴った。

景色が揺らぎ、目の前にあった岩がなくなって洞窟のようなものが出現した。

どうやら幻術を展開させ、景色を変えていたようだ。

「当たりだな。さすが、我が弟」

「違和感に気づいた、兄上のおかげですよ」

ここから先は危険らしい。警戒を強め、あとに続くことになった。

洞窟探索のために、魔石灯をともす。これは、魔石に魔力を流し込むと光る仕組みになっている。

ガラスのランタンに魔石を入れて使うのだ。一つあるだけで、洞窟内を煌々《こうこう》と照らしてくれた。

「不気味……ですね」

「ああ」

中はじっとり湿っていて、どこからか水滴の音も聞こえる。ヒュウヒュウと隙間風のようなものも吹いていた。

ディートリヒ様はくんくんと洞窟内の匂いをかいでいたが、マリーローズ嬢の魔力を感じ取ることはできなかったらしい。

「狼魔女の空間だからな。仕方がない」

直接調べて回るしかないようだ。

ふいに、洞窟内の空気が変わる。鳥肌が立ち、寒気も感じた。ディートリヒ様も同じように、何かを感じていた。

「メロディア、ギルバート、来るぞ」

「ええ」

「な、何が、来るのですか?」

「狼魔女の、狼ですよ」

ギルバート様は、仕込み杖をすらりと抜いた。それと同時に、暗闇から狼が飛び出してくる。

「ギャウ!!」

黒い狼は闇から浮き出たように、まるで気配がなかった。数は三匹。跳びかかってきた狼を、ギルバート様が剣で薙《な》ぎ払う。

ディートリヒ様も体のバネを最大限に使って跳び上がり、狼に頭突きを喰《く》らわせていた。私も、ぼんやりしている場合ではない。攻撃魔法は使えないが、できることはある。

「光よ、闇を照らせ！」

日傘を振り上げ、光魔法を狼達の目の前で発現させる。

「ギャウン！」

視界を奪われた狼に、ディートリヒ様が体当たりをした。洞窟の岩肌に激突した狼は息絶える。

「先を急ごう」

不気味な洞窟の中を、一歩、一歩と進んでいく。途中で、道が二手に分かれていた。どちらに進めばいいのか。

「む？」

「兄上、どうかしましたか？」

「左の道のほうから、声が聞こえた」

「マリーローズ嬢かもしれません」

歩調を速め、声がするほうへと向かおうとするが、何か違和感を覚える。狼が待ち構えているのだろうか。立ち止まって、耳を澄ませてみたが、まだ、私の耳には声が聞こえない。

一歩、一歩進むにつれて、胸がざわざわして落ち着かなくなっていた。思わず立ち止まり、深呼吸をする。けれど、心はまったく落ち着かない。

「メロディア、どうかしたのか？」

「あの、理由はわかりませんが、胸騒ぎがして」

「それは、よくないな」

「聞こえた声は、罠《わな》かもしれません」

ギルバート様が懐から何かを取り出す。人の形に切った紙だ。それに息を吹きかけたら、まるで生きているかのように動きだす。

人の形の紙は左の方向へと走っていって消えてなくなった。それから数十秒後——ズトン！　という爆発音が聞こえ、左の通路から石を含んだ突風が噴き出した。

「きゃあ！」

「メロディア！」

ディートリヒ様が、私を風から守ってくれる。思わず、もふもふの体にぎゅっと抱き着いてしまった。

体が吹き飛びそうなほどの、強い風だ。けれど、ディートリヒ様はびくともしない。そんな彼にしがみついているので、なんとかしのげた。

しばらくすると、風は止《や》んだ。

「ギルバート、メロディア、大丈夫か？」

「私は平気です」

「わ、私も、大丈夫でした。ディートリヒ様は？」

「私も、怪我《けが》はない。衝撃は、毛が守ってくれるからな」

「よかったです」

皆、無事だったようでホッと安堵《あんど》する。

「左の道は、罠でしたか」

「狼魔女め、姑息《こそく》なことをしてくれる！」

だとしたら、正解は右の通路だろう。ここも、念のためにギルバート様が人の形の紙を走らせる。

五分後、人の形の紙は戻ってきた。おまけに、手にはリボンを持っている。

すぐさま、ディートリヒ様はくんくんとゼロ距離で匂いをかいでいた。

「これは、マリーローズ嬢の魔力を含むリボンだ。間違いない」

「行きましょう！」

人の形の紙の先導で、洞窟内を進んでいく。だんだんと息苦しくなるのは、狼魔女の結界の力が強まっているからか。

ようやく、開けた場所に辿り着いたが、濃い血の匂いが広がっていてぎょっとする。

そこは、異空間のように思えた。

狼の生首がいくつも転がっている様子は、不気味としか言いようがない。

中心に大きな鍋が置かれ、何かを煮ている。鍋を混ぜているのは、幼い少女だった。地面につくほどの長い外套《がいとう》を纏《まと》い、頭巾を深く被っている。ムッと漂う異質な臭いは、血を煮込んだものだったようだ。

目にした瞬間、ゾッとした。寒気に襲われ、膝がガクガクと震えてしまう。

これは——彼女に対する畏怖だろう。

魔物を初めて見たときでさえ、こんなに怖いと思わなかったのに。

「あれが……狼魔女？」

「そうだが、本体ではない」

「狼魔女の影ですね」

奥に、縄で縛られたマリーローズ嬢と侍女の姿を発見した。ぎょっとしたものの、胸が上下に動いている。ただ気を失っているだけのようだ。二人は寄り添い、ぐったりしている。

狼魔女は鍋を混ぜるのをやめ、頭巾を取った。

「ヒッ！」

狼の顔をした狼魔女は、黄色い目を細くしながら舌なめずりをした。チラリと覗《のぞ》いた舌は細長く、まるでヘビの舌のようだった。

キイイインと、耳をつんざくような音が聞こえる。それが、動きだす合図だった。

まず、狼の生首が体もないのに動きだす。弓から放たれた矢のように、まっすぐ私達に飛んできた。ギルバート様は次々と狼の生首を斬り落とし、ディートリヒ様は長い尻尾で跳ね返している。

私はといえば、持ち前の反射神経を使って避けまくるのみ。王立騎士団の入団試験での、反復横跳びの成績はよかったのだ。短距離走や長距離走の成績は散々だったのだが。

つまり、私は回避に優れている、というわけである。

ディートリヒ様は生首の耳に咬《か》み付き、放り投げる。それを、ギルバート様が斬って捨てた。兄弟の連携はさすがと言えばいいのか。

ディートリヒ様が、狼魔女の前に躍り出る。

「お前は、いい加減にしろ!!」

狼魔女の首筋を鋭い爪で切り裂き、離れる。黒に近い血が、噴き出した。

首はかくんと横に折れ、血は滝のような勢いで流れ落ちている。それなのに、致命傷には見えなかった。

狼魔女は首を裂かれても、立ち続けている。

ギルバート様が心臓を剣で刺すと、ようやく地面に伏した。そして、砂となって消える。

「案外、あっけないですね」

「狼魔女の攻撃の手段はすべて、狼なのだ」

「昔から、狼と自らの影を使って暗躍し続けているのですよ」

「そう、だったのですね」

両親は狼魔女の狼に襲われ、死んでしまったのか。考えていると、胸が苦しくなる。

「メロディア、大丈夫か?」

「え？　ええ。あ、マリーローズ嬢を、助けなければなりませんね」

今は任務中だ。考え事をしている場合ではない。

幸い、マリーローズ嬢と侍女は無傷だった。宝飾品や銀器類は見つからなかったが。

それでも、命は助かったのだ。セロテン伯爵に、大いに感謝された。

事件は解決したが、根本的な問題は解決していない。

狼魔女との戦いは、いたちごっこのようなものだとディートリヒ様は話す。

「この不毛な戦いは、私の代で、すべて終わらせるつもりだ」

「兄上……！」

ギルバート様は感極まり、目を潤ませていた。

決意はとてもカッコよかったが、犬の姿なので話があまり耳に入ってこない。

「メロディア」

「はい？」

「狼魔女との戦いが終わったら――私と結婚してほしい」

「あの、すみません。変なフラグが立ちそうなので、戦いが終わってから申し込んでもらえると助かるのですが……あ、求婚を必ず受けるという話ではなく、すべてが終わったら考えるという意味です」

私とディートリヒ様の間に、ヒュウと冷たい風が流れていく。はっきり言い過ぎてしまったのか。

もっと、柔らかい表現にしたらよかったのだろうか。

ちらりと、ディートリヒ様の様子を窺《うかが》う。

「ふっ、つれない女だ。まあ、簡単に手に入らないからこそ、燃えるのだがな」

あまり気にしていないようで、ホッとした。

◇◇◇

一週間、フェンリル騎士隊の一員として任務に就く。

王立騎士団の調査では解決できない事件というのは、数多く存在するようだ。

だが、そのすべてが狼魔女に絡んだものではない。

昨日の事件も、そうだった。年若い女性が忽然と姿を消した事件を、狼魔女の仕業とみて追いかけた。

ディートリヒ様の鼻を使えば、追えない魔力などない。

女性達が捕らわれていた場所は、枢密院の一員でもある大貴族の屋敷の地下であった。

残念ながら、生存者は発見できず。すべて、遺体だった。

どうやら闇魔術に傾倒していたようで、女性達の血肉を媒体として使っていたと。

遺体の識別なんて、できる状態ではなかった。犯人であるこの家の当主を拘束すると、あとは王立騎士団に身柄を任せる。

昨日までの私は、この世でもっとも恐ろしい存在は狼魔女だと思っていた。

けれど、巷《ちまた》に生きる人もまた、自らの中に正常ではない、蝕《むしば》まれた心を持っているのだ。

世の中の危険は、狼魔女ばかりではないようだった。


昼間はフェンリル騎士隊の魔法兵として働き、夜は狼となる。

周りとは一定の距離が保たれているので、獣人化はいっさいバレていない。

私に結婚を申し込んだディートリヒ様が訪問してくるのではないかとドキドキしていたが、その気配はまったくない。変なところで紳士のようだ。

明日は、異動してから初めての休日である。何をしようかと考える間もなく、疲れた私は深く寝入ってしまった。

翌日は、朝からルリさんに一日の予定を聞かされた。

「本日はディートリヒ様とお二人で、ピクニックに行くようです」

「はい？」

「ピクニックです」

飲んでいた紅茶を、噴き出しそうになる。

「なぜ、ピクニックに？」

「ディートリヒ様が、メロディア様を景色のよい場所にお連れしたいと」

「そ、そうなのですね」

「もちろん、今日一日ゆっくりお休みしたいのであれば、おっしゃってほしいと」

まあ、特に予定もないし、黙って部屋に独りでいると昨日の事件を思い出してしまいそうだ。気分転換として、出かけるのはいいのかもしれない。

「いかがなさいますか？」

「ぜひ、とお伝えください」

「かしこまりました」

顔を洗い、歯を磨く。はっきり目覚めたあと、ふと思う。もしかしてこれは、デートというやつなのではないのかと。

しかし、すぐに考え直した。相手は、わんこなディートリヒ様である。胸がときめくような、イベントではない。

けれども、私を心配してくれたり、意見を尊重してくれたり、意外と紳士な態度で接してくれたりするディートリヒ様を思い出すと、なんだか落ち着かない気持ちになった。

ぶんぶんと首を振り、頰を叩いてしっかりしろと自らに言い聞かせる。相手は犬だ。人ではない。別に、意識する必要はこれっぽっちもないのだ。

ルリさんが用意してくれた行楽用のドレスに着替える。動きやすい、細身のドレスであった。靴も、踵《かかと》が低い長靴《ブーツ》である。

化粧は、日焼けしないようにいつもより濃いめに施してくれたようだ。髪型は、ポニーテールにしてくれる。今日も、ルリさんの化粧と髪結いは完璧であった。

朝食を済ませると、ディートリヒ様が迎えにきてくれた。オシャレのつもりか、首にセージグリーンのタイを巻いていた。なかなか似合っている。

「メロディアのそのドレス、よく、似合っている。美しい」

「あ、えっと、ありがとうございます。ディートリヒ様も、素敵ですよ」

「そうか、よかった。メロディアと出かけるので、恥ずかしくないよう身支度に時間をかけてしまった」

どの辺に時間をかけたのかと思ったが、よくよく見たらいつもより毛並みがいい。

「もしかして、毛並みを整えたのですか？」

「そうだ。使用人五人がかりでな。男ばかりでむさ苦しかったが、我慢したぞ」

「な、なるほど」

五人の男性にブラッシングされる様子を想像すると、笑ってしまう。

「ふっ、耐えた甲斐《かい》があった。朝から、メロディアの笑顔を見られたからな」

「あ――すみません。笑ってしまって」

「いいのだ。私はずっと、メロディアの笑顔だけを見ていたい」

キュンとするような言葉だが、相手は犬である。ドキドキしていたが、「我に返れ」と心の中で私の乙女の部分に突っ込みを入れていた。

馬車に乗り込み、目的地を目指す。ディートリヒ様は座席に座れないので、床に伏せていた。

ディートリヒ様が御者に合図を出すと、馬車は動き始める。

「あの、ディートリヒ様、今日は、どちらへ行かれるのですか？」

「それは、到着してからのお楽しみだ。きっと、メロディアも気に入ってくれるだろう」

馬車には大きなバスケットも積み込んである。中身は、フェンリル公爵家の料理人が腕をふるった、豪華弁当らしい。お昼が楽しみだ。

馬車は二台で向かう。一台目に私とディートリヒ様が乗り込み、二代目にルリさんや従僕などの使用人が乗り込んでいる。

「ギルバート様は、よかったのですか？」

彼もまた、昨日の悲惨な光景を共に見ている。気分転換が必要なのではと思った。

「あやつは、部屋で本を読むことを好む。うるさい兄がいないので、心ゆくまで読書しているだろう」

「そうだったのですね」

どうやら、ディートリヒ様は野外活動派で、ギルバート様は屋内活動派のようだ。同じ環境で育った兄弟でも、趣味は異なるらしい。

「メロディアは、どっちなのだ？」

「私は――お出かけするのが、好きでした。父が休みの日は、母とお弁当を作って湖のほとりにでかけて、釣りをしつつ、お弁当を食べるんです。釣った魚は、夕食にしてくれて――」

けれど、両親が亡くなってからは、引きこもりがちになった。独りで行っても、家族との思い出が甦《よみがえ》って、辛《つら》くなるだけだろうから。

「すまない。余計な質問をした」

「いいえ、大丈夫です」

大丈夫とは言ったものの、気まずい雰囲気となってしまった。

ディートリヒ様は上目遣いで私を見て、機嫌を窺っているように見える。

「メロディア、その、私を、存分にもふもふしてよいぞ」

「いいえ、お断りします」

「なぜだ？　今日の私は、極上の触り心地であるのに」

「ディートリヒ様が、ただの犬ではないからですよ」

成人男性の髪がいくらサラサラで美しくても、他人であれば触らないのと同じだ。しっかり理由を伝えると、納得してくれた。

「なるほど、そういうわけか。私は、メロディアの思慮深いところも、好きだ」

突然の告白だったので、照れてしまう。相手は紛《まが》うかたなき犬なのだが、好きだなんて家族以外に言われたことはない。そのため、恥ずかしくなってしまうのだろう。

一応、声色は成人男性のものだし。

なんというか、ディートリヒ様の周囲に年若い娘がいないので、私に対する評価が大変甘い。もうちょっと厳しくしてもいいのではと、思うくらいだ。

「あの、私はそんなに、好意を寄せていただくような女でもないのですが」

「いいや、そんなことはない。メロディアは、私を一度も犬として扱わず、人として扱ってくれる。そういうところも、大好きなのだ」

「心の中では、けっこう犬だと思っていますが」

「態度や顔に出さなければいい。素直なところも、愛らしいな」

「ううっ……！」

なんて器の大きい人なのか。私とは、比べものにならない。見た目は犬だがディートリヒ様は至極まともなお方で、たぐいまれなる人格者なのだろう。きっと、犬の姿でなければ社交界で人気者になっていたに違いない。

「何を考えている？」

「いえ、ディートリヒ様が人の姿で社交界に出たら、大人気だっただろうな、と」

「どうとも思っていない者達から、チヤホヤされても仕方ない。私は、メロディアただ一人からチヤホヤされたいのだ」

「チヤホヤって……」

「具体的に言うと、頭をなでなでしてくれたり、いい子だと過剰に褒めてくれたり、お腹《なか》をもふもふしてくれたり、だな」

「大変高いハードルでございます」

簡単にできるものならば……と思ったが、どれも成人男性にしているところを想像したら、とても厳しい。

「せめて、いい子だと褒めるくらいは……！」

「まあ、そうですね」

私も以前狼の姿の時、ミリー隊長に「いい子だ」と褒めてもらって嬉《うれ》しかった。ディートリヒ様も、それを望んでいるのだろう。

ただ「いい子」と言うだけであれば、問題はないだろう。

居住まいを正して、息を吸い込む。ゆっくり吐き出したあと、キラキラとした眼差《まなざ》しを向けるディートリヒ様と目が合ってしまった。

いやいや、そんなに期待されても困る。気持ちが高まる前に、さっさと言ったほうがいいだろう。

「ディートリヒ様は、毎日弟さんや、フェンリル公爵家のため、はたまた未解決事件を解決するために奔走されていて、とっても偉くて、いい子です！」

ディートリヒ様の目はハッと見開かれ、そして、尻尾が高速でぶんぶんと振られていた。

どうやら、私は期待に応えられたようだ。ホッと胸をなで下ろす。

「メロディア……私は、嬉しい！」

「それはそれは、ようございました」

ディートリヒ様は床に顎を着け、前脚で立った耳を押さえていた。

「何をしているのですか？」

「メロディアの言葉を、耳の中に封じ込めているのだ」

何をバカなことを……と思ったが、好きにさせておいた。

一時間後――目的地に辿り着く。馬車から降りたら、すばらしい紅葉が視界いっぱいに広がっていた。

「なんて、綺麗な森なのでしょう！」

「今の時季だけ見られる、特別な景色だ」

ここはフェンリル公爵家の領内で、普段は立ち入り禁止にしているらしい。以前は、毎年家族で見に来ていたようだ。

「父は母の肩を抱いてロマンチックな気分に浸り、私は見ない振りをしていた。ギルバートは、ここに来ても本を読んでいて、叔父や叔母は、使用人が広げた敷物に座って景色を堪能していた」

楽しい思い出が詰まった場所のようだ。紅葉を眺める後ろ姿が切なく見えるのは、彼を取り囲んでいた家族が、ギルバート様以外亡くなってしまったからだろう。

「もう、何年も来ていなかった。理由は、メロディアと同じだ。しかし今日は、メロディアがいる。なんだか、楽しい思い出になるような気がしてならない」

「私も、です」

返す声が、震えてしまった。

ルリさんが広げてくれた敷物にディートリヒ様が座る。尻尾をびたん、びたんと打ち付け、隣に座れと急《せ》かしているように見えた。

ディートリヒ様と一緒にルリさんが淹《い》れてくれた紅茶を飲み、それはそれは美しい紅葉を眺めた。

昨日の事件でささくれた心が、じんわりと癒やされていく。

「ディートリヒ様、ここに連れてきてくださって、ありがとうございました」

「私も、共に来てくれて、感謝する」

昼食の時間になった瞬間、ディートリヒ様は立ち上がった。

「食事は、メロディアだけで楽しめ。私は、走ってくる」

「え、でも――」

「この大きな体は、運動が必要なのだ。気にするな」

「わ、わかりました」

頷《うなず》くと、ディートリヒ様は風のように走り去る。ルリさんが「旦那様は帰宅後に食事を召し上がるので、どうかお気になさらず」とクールに言っていた。

二人で食べるのを楽しみにしていたのに……。

まあ、運動も食事と同じくらい、大事なのだろう。と、ディートリヒ様について考えるのは、サンドイッチを口にする前までだった。

ふわふわのパンに包まれた、ローストチキンのサンドイッチを食べた瞬間、口の中が幸せ状態になる。

「お、おいしい!!」

フェンリル公爵家の贅沢《ぜいたく》な料理を、美しい紅葉を見ながら堪能したのだった。

このようにして、休日は過ぎていく。

◇◇◇

フェンリル家にやってきて、半月ほど経《た》った。

クロウは可愛い白馬と、日々イチャイチャしているらしい。白馬はディートリヒ様の愛馬である。

楽しそうに二頭で駆けている様子を見ていると、よかったねと心から思う。

一方の私は新月の晩以外は狼化していたが、案外バレずにいる。

隠し事をせずに、正直に告げたほうがいいのでは？　と考えもしたが、ここ最近はやはりやめておこうと思いとどまっている。

というのも、ディートリヒ様の私に対する好意が、日に日に増しているのだ。

今日も食事のあとに庭の散策に誘われ、寒空の下、歩き回った。途中、東屋《あずまや》で休憩している時に、耳元で「好きだ」と言われたのだ。

声は成人男性のものだが、見た目は犬である。

フルモッフに似た姿で好きだと言われて嬉しかったが、中身は呪われたフェンリル公爵様なのだ。

身分の差を考えると、素直に喜べるものではない。

それにしても、私のどこを気に入ったのか。謎である。

初対面の時に怖がらずに、抱きしめたのが心に響いてしまったのか。

でも、これまでの求婚者の話を聞いていたら、積極的な女性はあまり好きではないような気がした。

ディートリヒ様の心の内は、本当にわからない。

わからないのは、ディートリヒ様だけではない。ギルバート様や周囲の使用人も、私を邪魔者扱いせず、静観しているのだ。

もしも、私がディートリヒ様の求婚を受け、結婚でもしたら大変なのは彼らなのに。

平民と貴族の結婚なんて、国王陛下が蛙《かえる》と結婚するくらいありえないのだ。

この辺も、何か事情がありそうだ。

一応、今は「私は平民ですから、お気持ちにお応えできません」と言って、求婚を断り続けている。

ディートリヒ様は「そんなものは関係ない」と言って聞かない。ギルバート様も「大事なのは、愛です」と言うばかりだ。

そんな状況なので、私が狼獣人だと知られたら、ますますお似合いであると言われてしまう。

絶対に、この秘密を明かすわけにはいかなかった。

一方、ディートリヒ様の呪いの秘密は、国王一家のみに明かされているという。そのため、社交界にはまったく姿を現さないという噂《うわさ》が広まっているのだ。

私にとって国王は遠い存在だが、ディートリヒ様にとっては伯父である。だから、とんでもない話がなんてことないもののように浮上するのだ。

「メロディア、国王の茶会に誘われた。午後は王城にゆくぞ」

「へ!?」

国王陛下とお茶会なんて、ありえない。相手はあの、氷結王とも呼ばれている冷酷な王だ。私なんてひと睨《にら》みされ、氷漬けにされるに違いない。恐れ多いにもほどがあるので、すぐさま辞退を申し出る。

「む、無理です。私なんかが国王陛下にお目にかかるなんて……」

「そうか、会えないか。わかった」

「……？」

あっさりと引いたので、違和感を覚えた。真意を探るべく、じっとディートリヒ様を見つめる。

「せっかく、八年前の事件について、久々に探りを入れようとしていたのだが」

「え!?」

八年前の事件とは、両親が何者かに襲われた事件のことだろう。

「メロディア、本当に行かないのか？」

「い、行きたいです！」

「そうだろう？　では、共に行こうぞ」

「はい！」

元気よく返事をしたあとで、思い出す。そういえば、国王陛下は絶対に事件について喋《しゃべ》らないと言っていたことを。

もしかして、嵌《は》められた？

ディートリヒ様は私を見て、作戦成功とばかりににっこりと微笑《ほほえ》んでいるような気がした。

穏やかな午後――私とディートリヒ様は馬車に揺られ、王城を目指す。

ギルバート様も同行すると思っていたが、「楽しんできてください」と言って見送られてしまった。

現在、ディートリヒ様は私の膝に顎を乗せ、気持ちよさそうに眠っている。

先日、馬車の中で私だけ座るのは申し訳ない、と伝えたところ、座席を撤去した馬車を作ったという知らせを受ける。車輪の衝撃を和らげるよう、床板の上にはふかふかの絨毯《じゅうたん》が敷かれ、クッションも置かれていた。

私は馬車の床に直接座り、その膝にディートリヒ様が頭を置いているというわけである。

そういえば、フルモッフもこうやって、私の膝枕で眠ることがあった。なんだか懐かしくなる。

ディートリヒ様は完全に眠っている。だから、少しくらい撫《な》でてもいいだろう。

そっと、耳の間に指を滑らせる。触り心地は最高だ。

モフモフ、モフモフ、フカフカ、フカフカと心ゆくまで撫でた。

「――私の毛並みは最高だろう?」

「わっ!」

ディートリヒ様は目を開き、私を上目遣いで見た。

「い、いつから、起きていたのですか?」

「最初からだ」

「寝ているふりを、していたのですね?」

「そうじゃないと、メロディアは私に触れてこないだろう」

「うっ……!」

その通りだ。私はいとも簡単に、ディートリヒ様の術中にはまってしまった。

「まだ、足りないだろう？　好きなだけ、私をモフモフするとよい」

「いや、もういいです」

「遠慮はするな」

「遠慮も何も、普通はなんの関係もない異性にベタベタ触れないでしょう？」

「メロディアは、私を一人の男だと意識していると？」

「まあ、否定はしませんが」

「ならば、犬の振りをしてベタベタするのはやめようぞ」

「犬の振りをしていたのですね」

「そうだ。でないと、好いた女の膝に顎なんか乗せられぬ」

意外と純情なところがあるのか。これも計算の可能性があるので、鵜呑《うの》みにはしないけれど。

ディートリヒ様は私から離れ、少し離れた位置に座り直した。

「ここにいるほうが、メロディアがよく見えるな」

「見ても、得しないですよ」

「いいや、する。メロディアは、見ていて飽きない」

「それは、ようございました」

ディートリヒ様と話していると、調子が狂ってしまう。私はこんなに物怖《ものお》じせずにぽんぽん喋る
人間だったのか。自分でも驚いてしまう。

そもそも、両親が生きていたころの私はお喋りで、お転婆《てんば》で、明るかったような気がする。

今は、両親が亡くなる前の私に戻っただけなのだろう。

両親を喪《うしな》ってから、私はずっと孤独の中で生きてきた。一人でいると、どうしても亡くなった父と母のことばかり考えて塞ぎ込んでいたのだ。

でも今は、違う人が頭の中を占めていた。それは、ディートリヒ様だ。

理由はよくわからないけれど、結婚を申し込まれたことに関しては嬉しかった。自らが望まれることなんて、今までなかったから。けれど、結婚を受けるかどうかはまた別の話である。

結婚できない理由の第一に身分差を挙げた。その次に、自分が狼獣人であること。

だけれど心の奥底では、それが理由ではないことはわかっている。

私は怖いのだ。家族ができて、また喪ってしまうことが。

最初にいなくなったのは、フルモッフ。次に、両親。

大切な人を喪うのは、魂が引き裂かれるようなことだ。嘆いても嘆いても、家族は帰って来ない。

あのような経験は、二度としたくない。

だから私は、一人で生きるためにがむしゃらに働いてきた。

「メロディア、何を考えている？」

「いいえ、何も」

「そんなことはないだろう」

「なぜ、そう思うのです？」

「私が目の前にいるのに、見えていないような。自分の殻に閉じこもっているような孤独な目だ」

鋭い指摘に、息を呑む。ディートリヒ様にはお見通しだったのか。

「悩みがあるならば、私に打ち明けてくれ。メロディアの抱える苦しみを、私にもわけてほしい」

「それは、できません。私の苦しみは、私だけのものですから」

「心を、開いてはくれないのだな」

「ディートリヒ様のことは、何も知りませんから」

そう答えると、ディートリヒ様の耳がぺたんと伏せられ、ピンと立っていた尻尾はだらりと垂れる。明らかに、落胆していた。

なんだか可哀想《かわいそう》になって、話しかける。

「ディートリヒ様、ご趣味は？」

「え？」

「ディートリヒ様のこと、教えてください」

「もちろんだ。私の趣味は、散歩だ！」

ディートリヒ様の趣味はお散歩――犬の姿でそんなことを言うので、笑ってしまった。

「メロディアが散歩紐を引いてくれる時が、一番楽しいぞ」

「それ、呪いが解けても同じこと言わないでくださいね」

「メロディアがしてくれるのならば、受け入れるが」

「受け入れないでください」

そういえば、もう何年も犬の姿でいると聞いた。

「不便ではないのですか？」

「不便に決まっている。何もできないからな。特に、食事の様子は誰にも見せることができない。ナイフやフォークを使わず、皿から直《じか》に食べるからな」

「ふふっ！」

「笑うな」

「ごめんなさい」

ディートリヒ様がお皿から直食いしているのが面白いのではない。私も夜は同じように直食いなので、気持ちがわかるから笑ってしまったのだ。確かに、人に見られたくない。

「もしかして、この前のピクニックでお召し上がりにならなかったのも？」

「そうだ。メロディアに、食事の様子を見せたくなかったからだ」

「ディートリヒ様。私は別に、見たからといって、何も思わないですよ。それよりも、美しい景色を見ながら、一緒にサンドイッチを食べたかったです」

「そのように、思ってくれていたのだな」

「ええ。もしも、また行くことがあったら、一緒に食べましょう」

「ありがとう、メロディア」

それから、ディートリヒ様は犬の姿になった時の失敗談の数々を聞かせてくれた。

爪を立てて羽根布団に穴を開けて、部屋中羽根だらけにしてしまったこと。うっかり舌をしまい忘れてしまうこと。ギルバート様が愛らしく思えて、顔を舐《な》めてしまったことなど。

「犬の姿でなかったら、ゾッとするような失敗ばかりだ」

精神が犬に引っ張られてしまうのだろう。無邪気になる気持ちは、私にも理解できる。

「呪いを受けた当初、使用人達は戸惑っていたな。可愛さのあまり私を撫でてしまった者を、執事が解雇していたのを、あとから知った。私だとわかっていながらも、見た目は犬なので同じように仕えるのは難しいことなのだろう。メロディアのように、私を一人の男として接してくれる者は、稀《まれ》だ」

私も脳内では、結構混乱している。けれど、態度に出さずにいられるのは、私が変化獣人だからだろう。ディートリヒ様の気持ちが、よくわかってしまうのだ。

「私は、メロディアに多くを望んでいない。ただ、隣で笑っていてほしいだけなのだ」

「それだけでしたら、結婚する必要はないでしょう」

「いいや、ある。もしも、メロディアが他の男にかっ攫《さら》われたら、私はその男を咬み殺——いいや、なんでもない」

殺……まで言いかけたので、ごまかしても無駄である。

私を望んでくれる物好きなど、ディートリヒ様以外いないので安心していいと思うのだが。

平民の私がディートリヒ様と結婚するのは難しい。けれど、傍にいて励ますことはできるのかもしれない。

彼はきっと、犬化の呪いを受けて長年苦しんできたはずだ。そんなディートリヒ様を、支えたい。

ディートリヒ様の心こそ、私がフェンリル騎士隊で癒やすべきものなのだろう。

まだ、私がルー・ガルーという変化獣人であることを伝える勇気はない。けれど、いつかディートリヒ様にお話しできたらいいなと思っている。

「あの、ディートリヒ様」

「なんだ？」

「私には、秘密がありまして、けれど、今はそれを言えなくて」

ディートリヒ様は優しい瞳で、私を見つめる。胸が、ぎゅっと締め付けられるようだった。

「いつか、お話ししますので、お待ちいただけるでしょうか？」

「もちろんだ」

寛大なディートリヒ様に、深々と頭を下げたのだった。

窓の外を覗くと、王城が見えてきた。永遠に、行くことなどない場所だと思っていたが。

「冷酷な、氷結王のお城、ですね」

「ああ。だが、噂されているような冷徹な男ではないぞ？」

「そうなのですね」

「ああ。国王は大の犬好きで、私を見た瞬間、笑みを浮かべながら撫で始めた時にはゾッとした。あの、人を睨んだだけで凍らせるという噂がある、冷酷な氷結王が、だぞ？」

いっそのこと、国王陛下も犬だったら可愛いのにと思ってしまった。

「まさか、国王陛下も犬好きだったなんて、意外ですね」

「私も驚いた」

大の犬好きと聞いて、じわじわと親近感を覚えてしまう。

「そういえば、メロディアも犬を飼っていた、と言っていたな」

「ええ」

「フルモッフ、だったか？」

「はい」

「フルモッフのあとに、犬を飼おうと思わなかったのか？」

「私にとっての家族は、フルモッフだけです。家族がいなくなったから、新しい家族を得ようとか、思わないでしょう？　それくらい、大切な存在でした」

「そう、だったのか。すまなかった」

「なぜ、謝るのですか？」

「あ、いや……は、話を、聞いてすまなかったという意味である」

「ああ、そうでしたか。どうか、お気になさらないでください」

私にとっての愛犬は、フルモッフだけ。

このような考え方をする人は、少ないのかもしれない。でも、フルモッフ以外の犬を傍に置こうとは、どうしても考えられなかったのだ。

「メロディアは犬好きなはずなのに、一向に私に靡《なび》かないのは、そういう理由があったのだな」

「犬だったら、なんでもいいわけではないのです。フルモッフ一筋なんですよ」

「そういう身持ちがいいところも、私は好きだな」

「どうも、ありがとうございます」

愛を囁《ささや》くディートリヒ様に何もお返しできないので、とりあえずお礼を言っておく。

と、このような話をしているうちに、王城へと到着した。

青い空に映える、美しいお城。城の左右に突き出た尖塔《せんとう》は、まるで国王の権力を示しているかのようだ。

ディートリヒ様は貴賓犬という扱いで、登城するらしい。国王お気に入りの犬ということで、おおよそ犬には向けないような尊敬の眼差しを一身に受けている。

なんていうか、異様な空気だ。

騎士の先導で、長い長い廊下を歩いていく。壁には染み一つなく、真珠のような艶があった。歴代の王妃の肖像画が飾られ、見上げるたびに「ほう」と溜《た》め息《いき》がでる。

階段を上がり、再び長い廊下を進む。突き当たりに、国王の執務室があった。

忙しい公務の合間にお茶会をするようだ。

大きな扉の前で、息を吸って吐く。しかしながら、気分は軽くならない。

ふと、モフモフを感じて視線を下に向けると、ディートリヒ様が私の手に頬擦りしていた。そして、私に強い眼差しを向けてくれる。大丈夫、心配なんていらないと励ましてくれているのだろうか。今、この瞬間、緊張が薄くなったような気がした。

扉が開かれ、面会の瞬間がやってきた。

国王陛下は、執務をしているようだが、逆光で姿を捉えることはできない。

中に入り、扉が閉められると、ディートリヒ様は喋り出す。

「伯父上、久しぶりだな」

「おお、ディートリヒ！」

国王陛下は立ち上がり、ディートリヒ様のもとへ歩み寄る。

初めて見る国王陛下は、五十代半ばくらいだろうか。白髪頭にキリリとした目元、しっかりと刻まれた目元の皺《しわ》に、鷲鼻《わしばな》、くるりと上を向いた髭《ひげ》に威厳のある口元と、貫禄《かんろく》ある人物であった。

氷結王の名にふさわしい、冷酷非情で人間味のない印象であったが――。

「いい子にしていたか！　よーし、よしよし！　もーふもふもふもふ！　ああ、可愛いなあ、可愛いなあ。天才だ。可愛さの、天才である！」

「お、伯父上……」

国王陛下はディートリヒ様を見た瞬間、顔をほころばせる。しゃがみ込んで、ディートリヒ様をよしよしと呟きながら撫で始めた。

これが、あの『氷結王』と恐れられている国王陛下なのか。傍《はた》から見たら、ただの『犬好きおじさん』だ。

本当に犬が大好きなのだろう。目を糸のように細めながら、ディートリヒ様を撫でている。

一方のディートリヒ様は、憂鬱そうな目を宙に向けていた。

「あの、伯父上」

「なんだ、私のかわいこちゃん」

「今日は、連れがおりまして」

「な、なんだと!?」

国王陛下はわかりやすいほどに、体をビクリと震わせる。そして、ゆっくりと立ち上がり、髭を撫でて整えた。ゴッホンと咳払《せきばら》いしたあと、私のほうを見る。

「気づかずに、すまなかった」

国王陛下の言葉に、私は淑女の礼を返す。

「ディートリヒ、彼女を紹介しろ」

「はっ。こちらの女性は、メロディア・ノノワール」

「ノノワール、だと？」

国王陛下は呟いたあと、「しまった！」という表情を浮かべている。ディートリヒ様はそれを見逃さなかった。

「ノノワール家を、ご存じなのですね？」

「そ、それは……」

「伯父上、事件の詳細は、伯父上しか閲覧できないようになっております。なぜでしょうか？」

国王陛下は唇をぎゅっと結び、目を伏せる。沈痛な面持ちであった。

「メロディアは、真相を知りたがっています。被害者の肉親でもあるのです。知る権利があると思っています」

ディートリヒ様は国王陛下に頭を下げ、頼み込む。

「どうか、お願いします。事件の真相を、教えて頂けませんか？　私も、知りたいのです。もしや、これは狼魔女が絡んだ事件ではないのですか？」

矢継ぎ早の質問に、国王陛下は唇を閉ざしたまま、開こうとしない。私もディートリヒ様の隣に膝を突き、額を床につけて頼んだ。

「国王陛下、お願いします」

「メロディア、お前はそこまでしなくてもいい」

ディートリヒ様は制止したが、二度と国王陛下にお会いできる機会はないだろう。だから、私は必死になって頼んだ。

私がやめないので、ディートリヒ様も伏せて頭を下げる。

それを見た国王陛下は、仕方がないと言わんばかりに溜め息をついていた。長椅子を勧められ、着席する。運ばれてきた紅茶を飲みながら、話を聞くよう命じられた。

「今まで、弟との約束で黙っていたのだが」

「父上と？　なぜです？」

「狼魔女が絡んだ事件は、ディートリヒ、お前に伝えぬよう、約束しておったのだ」

「なっ！」

ディートリヒ様と共に、言葉を失ってしまう。両親はやはり、狼魔女に殺されていたのだ。

苦しくなって、胸を押さえる。視界がぐにゃりと歪《ゆが》み、意識を失いそうになったが、隣で私を支えるもふもふの存在にハッとした。

「メロディア、大丈夫だ。私がいる」

「ディートリヒ、様……」

「しばらく、私に寄りかかっておけ」

「はい」

「辛いのであれば、話を聞くのは後日でもいい。国王になど、いつでも会える」

「ディートリヒ様ったら……なんて畏れ多いことを」

ディートリヒ様に体重を預け、ゆっくりゆっくり息を吐く。ディートリヒ様の温《ぬく》もりを感じているうちに、苦しさは薄くなっていった。

落ち着いたあと、詳しい話を聞くこととなった。

「フェンリル家が狼魔女を千年もの間、追っていることは知っているだろうが――」

ディートリヒ様のお父様も、狼魔女を倒そうとして亡くなった。

「弟は、狼魔女を追うことに心血を注いでいた。しかし、息子であるディートリヒには、そうなってほしくなかったようだ」

狼魔女の事件が起きる度に、狼魔女への憎しみは深くなっていく。

「狼魔女を追っているうちに、人として大事なものを失っていくようだと、話していた」

思い当たる節があるのか、ディートリヒ様は俯《うつむ》いていた。

「だからせめて、王立騎士団が処理した事件の中に狼魔女が絡んだ事件があれば、隠しておくように頼まれていたのだ」

「伯父上……そう、だったのですね」

「ディートリヒ、それからメロディア嬢も、すまなかった」

犯人が狼魔女だとわかっていたら、私は今ごろ復讐《ふくしゅう》に燃えていたのかもしれない。

だから、隠されていてよかったのだろう。

今でも許せないという気持ちはあるが、敵はフェンリル家が千年戦っても勝てない相手である。狼魔女がどんな相手であるか知った今は、業火のような憎しみは湧き出てこない。もちろん、復讐心がまったくないわけではないが……。自分でも驚くほど、冷静だった。

「メロディア嬢、他に、何か聞きたいことはあるか？」

「あの、両親とフェンリル家の前当主様は、知り合いだったようですが、いったいどのような関係だったのか、ご存じでしょうか？」

「ああ、何か話していたな。なんでも、ノノワール家の夫婦は珍しい一族の出身だそうで、狼魔女の討伐の手がかりを持っていると話していたような」

国王陛下の言葉に、ディートリヒ様が反応を示す。

「それは、なんなのですか!?」

「いや、詳しい話は、知らん」

両親――ルー・ガルー一族が、狼魔女の討伐の鍵を握っていると？

だから、両親は殺されてしまったのか。

この件については、ディートリヒ様も知らなかったようだ。

「メロディア、両親から、何か話を聞いていたか？」

「私に残された手紙には、魔女に気を付けろとしか書かれていませんでした」

「そうか……」

「あの、ディートリヒ様。もしかしたら、両親の遺品の中に何か手がかりがあるかもしれません。調べてみますか？」

「いいのか？」

「はい。とは言っても、鞄一つに入るくらいの物ですが」

父の日記帳に、靴職人をしていた父の仕事道具、それから母の裁縫箱、数冊の本に地図と、手がかりになりそうな物はないが。

「すべて、持ってきておりますので」

「ありがとう、メロディア」

「いいえ、お役に立てるかは、わかりませんが」

会話が途切れると、国王陛下にじっと見つめられていたことに気づく。

慌てて姿勢を正し、会釈した。

「伯父上、すまない。勝手に盛り上がってしまい」

「よいよい。それにしても、ディートリヒの傍に、こんなにも愛らしい女性がいるとは、喜ばしいことだ」

国王陛下の言葉に、ディートリヒ様が食いつく。

「そうなのです。このメロディアの愛らしさをわかっていただけるとは！　見てください、この、誠実さが溢《あふ》れる瞳に、人のよさを具現化したような唇、そして、控えめで美しいこの立ち姿！　何もかもが、すばらしい女性です！」

いったい、何を言っているのか。国王陛下が私を「愛らしい」と褒めた手前、突っ込むことはできないが。

恥ずかしくなって、火照った顔を冷やそうと、すっかり冷めてしまった紅茶を飲む。

「長年、女性の影もなくてな。この姿のままでは、結婚もままならぬだろうが……。ディートリヒ、お主は結婚についてどう考えておるのだ？」

「私は、メロディアと結婚したいと思っております」

口に含んでいた紅茶を噴きそうになった。国王陛下の御前で、結婚宣言をするなんて。

「おお……そうだったか。いや、お似合いだぞ」

犬とお似合いと言われても、あまり嬉しくないような。国王陛下はいったい何を見ているのだろうか。ディートリヒ様は犬だ。一度、目薬でも差してから見直してほしい。

「で、ディートリヒよ、結婚はいつなのだ？」

「いつでもしたいと考えているのですが、丁重に断られました！」

「は？」

「メロディアは私と結婚する気はないようです」

「な、なんだと？　お前のように愛らしく、聡明《そうめい》で、素晴らしく男気ある者が、結婚の申し出を断られたと!?」

国王陛下はくわっと目を見開き、信じがたいという目で私を見る。

「メロディア嬢、ディートリヒのどこが気に入らなかった？　この可愛らしい耳か？　それとも、ふかふかな毛並みか？　それとも頬擦りしたくなる尻尾が気にくわなかったのか？」

「……いえ、見た目の問題ではございません。姿形は、その、私も愛らしいと思っております」

「そうだろう？　だったら、性格か？　少々強引で、自分に自信があるところが、嫌だったか？それとも、ディートリヒの愛が重苦しかったのだろうか？」

「……いえ、性格や愛情表現の問題ではなく。ディートリヒ様は、その、とてもお優しい方です」

「では、なぜ、結婚しない？」

「その前に、私は平民です。社交界の礼儀を知らない女です。つり合うわけありません」

「別に、家柄など気にしない。ディートリヒもそうであろう。私は身分ある女性と政略結婚して、幸せになれなかった者を何人も知っている。だから、結婚をするうえで大事なのは、愛だと思っている。もちろん、愛だけではどうにもならない結婚もあるだろうが、フェンリル家の者には、好きな相手と結婚させるようにしておるのだ」

フェンリル家は社交界の付き合いなどないし、血統も気にしていない。だから、平民であることを気に病むことはないと言われた。

しかし、私がディートリヒ様と結婚できない根本的な理由は、それではないのだ。

私が大好きになる存在は、みんな私の前からいなくなる。誰かと結婚しても、いずれ一人になることが怖いのだ。

国王陛下の前で嘘《うそ》はつけない。だから、はっきりと伝えた。

「ならばそなたは、一生一人で生きるつもりだというのか？」

「そのほうが、辛くないので」

なんだか暗い雰囲気になってしまった。

「あの、ディートリヒ様は、もっと素敵な女性がお似合いだと、思っています」

「私はメロディア以外と、結婚したくない」

「ディートリヒ様、困ります」

このモフモフは、私以外の女を知らないのか。それにどうして、そんなことを国王陛下の御前で言い切るのだろう。

「あの、ディートリヒ様。どうしてそのように、私にだけ……その、なんと言いますか……」

言葉を探すが、自分で言うのは気が引ける。

「メロディア、なんだ？」

「いや、あの……」

「執着しているのか、聞きたいのではないか？」

国王陛下が、私の言いたいことを言ってくれた。

なぜ、私にばかり執着しているかなんて、恥ずかしくて聞けるものではない。

「ディートリヒよ、一目惚《ひとめぼ》れだったのか？」

「違う。一目惚れではない！」

「あれ？　ディートリヒ様、確か、私が言ったことが面白かったので結婚するとおっしゃっていたような」

「それも違う！」

このモフモフは、私のどこに惚れたというのか。謎である。

しかしながら、私が振った話題だけれど恥ずかしいのでやめてほしい。

私の思いとは裏腹に、国王陛下は前のめりで話を聞こうとしている。

「それで、いつ惚れたのだ？」

「子ども時代に、会っております。そこで、メロディアのほうから求婚してきました」

「え!?」

ディートリヒ様に会っていた？　物心ついていないころだろうか？

「わ、私、そんなこと言いました？」

「言った。熱烈な、求婚だった」

信じられない。私が、そんなことを言っていたなんて。それに、記憶もまったく残っていなかった。

「覚えていないのならば、もうよい」

「す、すみません」

諦めてくれたのか。ホッとしたのと同時に、少しだけ胸がツキンと痛んだ。

これでよかったのだ。私達は、別々の道を歩むべきなのだろう。

しかし、ディートリヒ様は想定外のことを言ってくれた。

「これから、メロディアを夢中にさせればいいだけのこと」

ディートリヒ様は胸を張って決意を語っている。なぜそういう方向に大きく舵《かじ》を切るのかわからない。

「おお、ディートリヒ！　いいぞ、その調子だ！」

国王陛下はディートリヒ様を応援しているし……。

どうしてこうなったのかと、内心頭を抱える。

「なんだか、いろいろと安心したぞ。メロディア嬢、これからも、ディートリヒのことを頼んだぞ」

「いや、無理……」

言いかけた瞬間、国王陛下の目がギラリと光る。氷結王の名にふさわしい、ひと睨みであった。

背筋がぞくりと震え、これ以上の拒否は許さないという圧を感じた。

「はい、わかりました」

そう、言わざるをえない状況を、国王陛下は迫力だけで作り出す。さすが、一国の王だけのことはある。

その会話を最後に、国王陛下主催のお茶会はお開きとなった。

馬車に乗って、家路に就く。長い時間、国王陛下の執務室でお話を聞いていた。

事件については十分も話していなかったような気がする。ほとんどが、国王陛下が語る愛らしいディートリヒ様のエピソードだった。

一緒に食事を、という提案をなんとか断って、やっと帰ることができたのだ。

窓の外を覗くと、太陽が沈みつつあった。一日が、終わろうとしている。

「メロディア、今日はすまなかった」

「なんの謝罪ですか？」

「伯父上に、いろいろ話してしまって」

「気にしていないですよ」

それよりも、冷酷非情と噂されている氷結王があんなにはっちゃけた御方《おかた》で驚いた。ディートリヒ様との血の繋《つな》がりは、しっかり感じた。

「賑《にぎ》やかで、楽しかったです。両親の事件の真相も聞けましたし」

「そう……だな」

「フェンリル邸に戻ったら、両親の遺品を見てみましょう」

「本当に、いいのか？　思い出の品なのだろう？」

「はい」

「ありがとう。では、頼む」

帰宅したころには、すっかり陽《ひ》が傾いていていた。

ディートリヒ様をそのまま私室に案内し、両親の遺品を見せる。

「これなのですが――」

鞄を開こうとしたところで、視界がかすんだ。瞼《まぶた》を摩《さす》っていると、息苦しさを感じる。

「メロディア、どうかしたのか？」

これは――いつもの発作だ。

忘れていた、という叫び声は、息苦しさのあまり出てこなかった。

国王陛下に会うという特大のイベントがあったからか、すっかりさっぱり、失念していたのだ。

私のバカ！　と、心の中で自身を罵る。

今日、この場所で、狼化してしまうなんて。

「はっ、はっ、はっ！」

手から鞄を落としてしまった。床に膝を突き、姿が変わる違和感に耐える。

「メロディア！　医者を呼ぶ。ここで待って――」

「ディートリヒ様、だ、だめ」

「何がだめだと言うのだ！　すぐに、医者を」

「傍に、いて、ください。お願い――！」

ここで、意識がなくなる。今から、狼化が始まるのだ。

◇◇◇

それは、子どものころの記憶。
――お父さん、お母さん、今日も、眠る前にお話しして！
――メロディア、今日はなんのお話を聞きたいの？
――大きな、狼様が出てくるお話！
――メロディアは、その話が本当に好きなんだな。
両親は私に、物語を語ってくれた。
むかしむかし、あるところに、狼の村があった。そこには、狼がたくさん住んでいた。
狼の村を治めるのは、大きな聖なる狼。
聖なる狼は、村を治めるだけでなく、村を襲う悪い魔女から守ってくれるのだ。
ある日、悪い魔女が村の狼を攫うためにやってきた。
聖なる狼は、奇跡の光魔法を使って、魔女を追い払う。
魔女は滅び、狼の村は平和になった。
めでたし、めでたし――。

◇◇◇

「うう……ん」

夢の中に、両親が出てきた。私は両親に挟まれて、暖かい布団の中で物語を聞くことが大好きな子どもだった。

その時と同じような温もりを感じて、瞼をそっと開く。

目の前にあったのは、まっ白い布団。触り心地がよくて、ぬくぬくだ。

身を寄せると、「むふっ！」という声が聞こえた。

ここで、意識がはっきりする。眠気はどこかへ飛んでいった。

「はっ!!」

目の前にあったのは布団ではなく、ディートリヒ様だった。そして私は、狼の姿である。

「わ、わう!?」

狼化した時は喋れないので、今の混乱を言葉にできない。

「メロディア、落ち着け」

「わわ……！」

なぜ、ディートリヒ様は落ち着いているのか。わからない。わからないことばかりだ。

「父から、話を聞いていたことを、私はすっかり忘れていた。十年以上も前に、ルー・ガルーについて聞いていたのだ」

「わふ!?」

「一時期、父は頻繁にルー・ガルーの夫妻と会っていた。可愛い娘がいると、話していた」

どうやら私は、ディートリヒ様のお父様に会ったことがあるようだ。まったく記憶にない。

「そのときに、父から言われていたのだ。遠くない将来に、もしかしたら、メロディアに会うかもしれないと。でも、メロディアは少しだけ変わった姿をしているかもしれない。そのときは、深く事情を聞かずに、優しくしてあげなさいと」

「わううう……」

温かい言葉に、目がウルウルしてしまう。

ディートリヒ様は、正直に告げなかった私を責めることはしなかった。

謝罪と感謝の気持ちを伝えたいのに、「わうわう」しか言えなくて歯がゆい。

「メロディア、お腹が空《す》いただろう？　夕食は？」

食事の準備をしてくれていたようだ。ディートリヒ様がティータオルを銜え、バスケットに入ったサンドイッチや串焼き肉を私に見せる。

胸がいっぱいで、何かを食べる気分ではない。首を振って、断った。

「そうか……。気が向いたら、食べるといい。今日は、いろいろあって疲れただろう。もう、休め。話は、明日にしよう」

そう言って、ディートリヒ様は部屋から出て行った。

翌日、人の姿に戻った私は、寝台の上で目覚める。

昨晩のことを思い出し、恥ずかしくなった。ディートリヒ様に見せる顔なんてないが、このまま何事もなかったようにはできないだろう。

身支度を整え、まっすぐにディートリヒ様に会いに行った。

初めて、ディートリヒ様の部屋を訪問する。なんだか、緊張してしまった。

「おはよう、メロディア。朝一番に会えて、嬉しいぞ！」

「……おはようございます」

「どうした？　元気がないな？」

ディートリヒ様は長椅子に跳び乗り、隣に座るよう前足でポンポン叩く。それに従い、隣に腰かけた。

「あの、昨晩、見ましたよね？」

問いかけると、ディートリヒ様は目を逸《そ》らす。この反応に、少しだけ傷ついてしまった。

獣人を怖がる人は多いと聞く。呪いで犬と化したディートリヒ様とはわけが違うのだ。

「あの……私……」

「メロディアの下着類は、み、見ていないぞ」

「そっちではありません。ていうか、その反応だと見ましたね？」

ディートリヒ様の視線は、空を飛ぶ蝶《ちょう》のようにふわふわと漂っていた。

「ディートリヒ様！」

「見たぞ!!」

ディートリヒ様は私に真剣な眼差しを向けつつ、素直に告げた。

なんていうか、脱力した。私は、下着を見たか否かを問いつめに来たのではない。

「ディートリヒ様、なぜ……？」

「いや、なんだ。視界に入ってしまったというか、あえて見てしまったというか。いや、その、正直に申せば、可憐な下着だった」

「下着の感想を聞いているのではありません！」

「では、何を？」

「狼になった私を見たでしょう？　恐ろしく思わなかったのですか？」

「いいや、愛らしかったぞ」

くらりと、目眩《めまい》を覚えた。私がずっと悩んでいた問題を、「愛らしい」の一言で片付けてしまったから。がっくりと、うな垂れてしまう。

「もしや、狼になることが原因で、結婚を断っていたのか？」

「違います」

「だったらなぜ？」

「理由は、昨日お話ししたでしょう？　私は、私は――」

言葉にならず、ポロポロと涙を零《こぼ》してしまった。

今まで気づかないふりをしていたけれど、私は寂しいのだ。だから、ディートリヒ様と一緒にいると、辛くなる。

「もう、嫌なんです」

「私が、嫌になったというのか？　悪いところがあれば、直す。だから、はっきり言ってくれ」

「違います……。独りになるのが、嫌なのです。これ以上、ディートリヒ様のお傍にいたら、優しさに触れたら、離れられなくなります」

「そんなことはない。私はずっと、メロディアの傍にいるぞ！」

「嘘です！　私が大好きになった人は、いなくなるのです。父や母……フルモッフだって、いなくなりました！」

「いなくならない！」

「いなくなります！」

「絶対に、絶対に、いなくならない」

「なぜ、そう言い切れるのですか!?」

「私が……フルモッフだからだ!!」

今、なんて言ったのか？　ディートリヒ様が、フルモッフだって？

驚きすぎて、言葉が出てこない。

「魔女の呪いにかかって、必死になって逃げ回り、満身創痍《まんしんそうい》となっている時に、メロディアが私を拾い、フルモッフと、それはそれは見事に命名した」

「ほ、本当に、ディートリヒ様が、フルモッフ……だったのですか？」

「そうだ」

「なぜ、すぐに言ってくださらなかったのですか？」

「それは……なんだ。男の沽券《こけん》にかかわる問題というか……なんというか……」

よくわからないけれど、言いだせなかった理由があるらしい。

無理に聞き出すことはしないほうがいいだろう。

「メロディアと過ごした一ヵ月は、夢のようだった。小汚い私を拾い、献身的な看病をしてくれて、優しく抱きしめてくれた。このように、慈愛に満ちた娘を、私は他に知らない。すぐさま結婚しようと思ったのだが、メロディアが先に求婚してきた。私達は、両想いだったのだ」

「ちょっと待ってください。あの、求婚って、もしかしてフルモッフに言った言葉ですか？」

「そうだ。メロディアは私に言ったではないか。ずっと一緒だ、と」

「ああ――……」

その言葉だったら、確かに言ったような気がする。

しかし、ずっと一緒だという言葉を求婚に結びつけるなんて、飛躍しすぎだろう。

「あの、私」

「本当に、嬉しかった。だから私は貞操を守り、メロディアを花嫁として迎えに行こうと考えたのだ」

「はあ、さようでございますか」

まあ、この問題はとりあえずおいておく。

今私は、二度と会えないと思っていたフルモッフが目の前にいることが嬉しくてたまらないのだ。

「あ、あの、お願いが、あるのですが」

「なんだ？」

「抱きしめても、いいですか？」

「よい。好きなだけ、モフモフするがいい」

「ありがとうございます！」

私はフルモッフ……ではなく、ディートリヒ様を力いっぱい抱きしめた。

記憶の中にあるフルモッフと同じで、温かくて、フワフワモフモフで、最高の抱き心地だった。

ディートリヒ様をモフモフと撫でているうちに、涙はどこかへ引っ込んでしまった。

「よかった……フルモッフは、生きていたのですね」

「出て行くのは忍びなかった。しかし、家族が、私の帰りを待っていた」

「そう、ですよね。でも、どうして会いに来てくれなかったのですか？」

「ずっと、会いに行こうと思っていた。しかし、私が絡んだら、メロディアまで狼魔女に目を付けられてしまう。それを思ったら、会いにいけなかったのだ」

それから数年、ディートリヒ様は魔女と戦う術を手に入れるために、日々訓練を行っていたらしい。

「ようやくメロディアに逢《あ》いに行ける時がきたと思っていたら、メロディアが奇跡の聖女だと、もてはやされているではないか」

ディートリヒ様は急遽《きゅうきょ》、私を呼び寄せる好待遇の条件を出し、第一騎兵部に異動させるように仕組んだのだとか。

「あの時ほど、焦った時はなかったぞ」

「そうだったのですね。しかし、あの出会い頭の求婚はいったい……？」

――ふっ、面白い娘だ。私の、花嫁にしてやろう。

かなり衝撃的な求婚だった。

「あ、あれは、忘れてくれ……。メロディアに再会したことに浮かれていて、つい口から出てしまった言葉だ。上から目線で、軽薄なものだっただろう。すまなかった」

「いえ」

思い返せば、愉快に思える。あのように求婚されることなど、なかなかないだろう。

「メロディア」

「はい？」

ディートリヒ様はいつになく、真剣な様子で私を見る。

「私は、この姿であり続けるつもりはない。いつか呪いを解いて、人の姿に戻る。そうなったら、私と結婚を前提に、付き合ってくれないだろうか？」

結婚を前提に、という言葉がものすごく強調されていた。呪いを解くと言うからには、狼魔女に勝つつもりなのだろう。

その時は、私も両親を亡くした悲しみから、解放されるのかもしれないのだ。

千年戦った相手に勝つなんて、とんでもないことだろう。もしもそれが叶《かな》うのならば、私は結婚してもいいのかもしれない。

「メロディア、ダメか？」

本当に、私なんかがディートリヒ様と結婚してもいいのだろうか。

平民と貴族では、身分に違いがありすぎる。周囲から、「あんな娘と結婚して」と、批難の視線をディートリヒ様まで浴びてしまったら、立ち直れないだろう。

「あの、お気持ちは嬉しいのですが、私とディートリヒ様では、その、身分が違いますし。社交界で、ディートリヒ様が平民と結婚したなどと、言われてしまうのは、嫌だなと……」

「身分や生まれなど、どうでもよい！　私はただ、メロディアの気持ちを、聞いているのだ」

ディートリヒ様は立ち上がり、私に訴える。

「身分が気になるというのであれば、私は家督をギルバートに譲るつもりでいる。このまま犬の身かもしれぬし、当主を続けていても、できることは多くない。それよりも、街中に小さな家を買って、メロディアと暮らすほうが、私は幸せだ」

犬と暮らす自らの姿を思い浮かべる。なかなか楽しそうだ。しかし、問題はいろいろありそうだ。

「メロディア、その表情は、経済的な心配をしているのだろう？　そんなものなど、不要だ。私はメロディアのためならば、もふもふされるアルバイトだって、してみせるぞ！　あとは、犬の通訳の仕事や、企業のイメージキャラクター、他にも、モフモフサーカスのオーディションだって、受けてやるぞ！　平民の一員として、メロディアのために、働きまくってやる！」

「ディートリヒ様……」

私のために、身分を捨ててそこまでしてくれるなんて。言っている内容はおかしいのに、涙が溢れてしまった。

「メロディア、どうだろうか？　私の覚悟と愛を、受け入れてくれるな？」

ここまで言われたら、頷く以外選択肢はないだろう。涙を拭いつつ、私は答えた。

「えっと、その、私で、よろしければ」

「メロディア!!」

「きゃあ！」

ディートリヒ様の体当たりのような抱擁を受け、長椅子に倒れ込んでしまう。

「メロディア、メロディア、わ、私は、う、嬉しい！」

「お、落ち着いてください、ディートリヒ様！　誰か、誰か～～」

「兄上！」

人を呼ぶと、すぐに飛び込んできたのはギルバート様だった。駆け寄って来て、私の上に覆いかぶさるディートリヒ様を引き剝がしてくれた。

「兄上、早まらないでください！　その姿では、難しいです！」

いったい何が難しいのか。気になったが、追及しないほうがいい気がした。

ギルバート様に上半身を抱き上げられたディートリヒ様は、ジタバタと暴れながら言葉を返す。

「ええい、ギルバート、放せ！　やっと、メロディアが心を開いてくれたのだ！　匂いをかぐくらい、自由にさせろ！」

「普通の人は、女性の匂いなんてかぎません！」

「ギルバート、お前、好きな人の匂いをかぎたいと、思ったことはないのか？」

「そ、それは、一度くらいならば、あるかもしれないですが！」

……あるんか〜い。

なんていうか、ダメだ、この兄弟。

ディートリヒ様を床の上に座らせて、ギルバート様が懇々と言って聞かせる様子は犬と飼い主にしか見えないし。

「えーっと、兄上、ひとまず、深呼吸して、自分を取り戻してください」

「私は正気だ！」

「牙に、メロディアさんのリボンを引っかけている状態で言っても、説得力は皆無です！」

「わあ！　いつの間に⁉」

数分後、落ち着きを取り戻した私達は、昨日やろうとしていた、私の両親の遺品から狼魔女を倒す手がかりを探す作業を始めることにした。

まず、ギルバート様が調べていたルー・ガルー一族について教えてくれた。

「ルー・ガルー、誇り高き狼獣人の一族だと言われていたようです。森の奥地に住み、人の前に姿を現すことはほぼないと」

昼間は普通の人として暮らし、月夜の晩は狼の姿に変化する。狼の姿は神秘的で、道に迷った旅人の道案内をしたという伝承から『森の精霊』とも呼ばれていたようだ。

「魔法を得意とし、悪《あ》しき存在《モノ》を祓《はら》ったという伝説もあるようです」

「なるほどな。父はルー・ガルー一族に、狼魔女を倒す手伝いを申し入れようとしていたのかもしれないな」

「ですが、兄上、ルー・ガルー一族は伝承にすぎません。実際には存在するはずないのですよ」

ギルバート様の発言を受け、私とディートリヒ様は見つめ合う。

私がルー・ガルー一族であることを、ギルバート様に隠しておく理由はない。だから、彼にも告白することにした。

「あの、ギルバート様、非常に言いにくいことではあるのですが」

「なんですか？」

大丈夫。ギルバート様はルー・ガルーがどのような存在であるか、きちんと調べてくださっている。怖がるはずはない。

膝の上でぎゅっと握りしめた手に、ディートリヒ様が手を添えてくれる。肉球のぷにぷに感が、私に勇気をくれた。

「私、ルー・ガルーの一族なんです」

「え？」

「ギルバート、彼女の両親は、ルー・ガルーの森から王都にやってきて、暮らしていたようだ」

「そ、そう、だったのですか。では、メロディアさんは夜、狼の姿に？」

「ええ」

「いろいろ、大変だったでしょう？」

「あ……まあ。ですが、狼化した時に、信頼している上司に助けていただいて。王立騎士団の隊長です」

「名は、ミリー・トールだったか。優秀な女騎士だと聞いたことがある」

「はい」

ディートリヒ様はミリー隊長のことを知っているようだ。なんだか嬉しくなる。

「すみません、話が逸れました。それで、両親がルー・ガルーでしたので、遺品から狼魔女を倒すヒントがあるのではないかと思い、今から調べようかと」

「ああ、遺品の確認とは、そういう意味があったのですね」

私の両親の遺品を調べると聞いて、ギルバート様はどうしてなのかと疑問だったらしい。今、ようやく意味を理解できたと。

「あまり、多くはないのですが」

テーブルの上に置かれた鞄を開く。まず、目についたのは、父の仕事道具箱。そっと蓋を開けると、艶出しクリームの匂いが鼻先をかすめる。いつも父が纏っていた匂いだ。懐かしくなるのと同時に、胸が切なくなる。

「メロディアの父は、靴職人だったのだな」

「ええ、そうなんです」

「父君は、『フルモッフ』時代の私を可愛がってくれたぞ」

ディートリヒ様は父の仕事道具の金槌《かなづち》を手に、しんみりと呟く。

「父は、犬好きでしたから」

ディートリヒ様から父の金槌を受け取る。胸に抱くと、幼少期の思い出が甦《よみがえ》ってきた。

毎年の誕生日に、父は素敵な靴を贈ってくれた。

「お姫様が履いているようなリボンの付いた靴に、バレリーナのトウシューズのような靴、童話に出てくる花妖精の靴も、作ってくれました」

「花妖精の靴、か。その靴を履いたメロディアは、おとぎの国の住人のようだっただろうな」

喋る犬と化したディートリヒ様が、もっともおとぎの国の住人のようだが。ギルバート様も同じことを思っていたのか、口元を手で覆い笑うのを堪《こら》えているように見えた。

「すみません、遺品の確認のときに……」

「いえ、笑ってください。悲しむよりも、笑っていただけたほうが、私も嬉しいです」

なんだかしんみりしてしまった。遺品の確認を再開しなければ。

それから、一品一品確認する。

「これは、母の裁縫箱ですね」

何やら、複雑な刺繍《ししゆう》が施されたテーブルクロスのようなものがでてきた。

「大作だな」

「ええ」

見たことがない、不思議な模様や文字だった。母は刺繍が趣味だったので、ひと針ひと針、丁寧に刺してある。

あとでゆっくり見よう。

「あ！」

「どうした？　何か見つかったのか？」

「いえ、すみません。母の、レシピ帳を発見したので」

「おお！　それは大発見ではないか！」

「はい！」

料理上手だった母のレシピが、事細かに書かれていた。

「丸鳥のピラフに豆のスープ、ウサギのパイに木苺《きいちご》のタルトまで！」

私が大好きだった料理は、もれなく書いてくれている。いつも、何も見ないで料理を作っていたので、きっと私に教えるつもりで書いておいてくれたに違いない。

料理はしたことがないが、これから挑戦したい。天国の母に感謝をしなければ。

ここでハッと我に返る。ディートリヒ様が優しい目で私を見つめていた。

「あ……すみません。つい、夢中になって」

「いや、いい。見たいものがあれば、急がずにゆっくり見ろ。大事なものだろう？」

「ありがとうございます」

今日まで、遺品を見ることができなかったのだ。ここに来たおかげで、見ることができた。感謝してもし尽くせない。

遺品はどれもこれも、家族の思い出がこれでもかというほど詰まっていた。

「あとは、父の日記ですね」

中身は、ごくごく普通の日常が書き綴《つづ》られたものである。当時のフェンリル家の当主様と会った話など書かれていないか期待したが、それらしきものはなかった。

読んでいると、私が初めて立った日、喋った日など、父の感動がありのままに書かれている。なんてことない家族の日記なので、恥ずかしくなった。

「えっと、すみません。ただの日記だったようです。読んでも、面白くないかもしれません」

「いいや、大事なことが書かれている。メロディアが許可してくれるのであれば、ゆっくり読みたい」

「そうですすよ。読み込んだら、何かわかるかもしれないですしね」

父がこんな日記を書いていたなんて、知らなかった。うれしさからじわじわと、顔全体が熱くなっていく。そんな私に、ディートリヒ様が止《とど》めを刺してくれた。

「メロディアはこんなにも愛されて育った娘なのだ。私も、同じように大事にせねば」

「それはそれは、どうもありがとうございます」

ギルバート様の生暖かい視線が突き刺さっていたので、遺品の確認を再開する。

他の遺品も見たが、狼魔女に関連した品はないようだった。

「お時間を取っていただいたのに、何も見つからなくてすみません」

「いいや、メロディアの両親の愛を、垣間見《かいまみ》ることができて、私は嬉しかったぞ」

「さ、さようで」

これで狼魔女をやっつける何かが見つかったら、もっとよかったのだけれど。

「あの、メロディアさん」

「ギルバート様、どうかしましたか？」

「この日記帳、表紙に何か仕掛けがあるかもしれません」

「え？」

日記帳を裏表とひっくり返しているうちに、違和感に気づいたらしい。

「こちら、普通の日記帳より、重たいのです」

「重たい、ですか？」

「はい。ただ、明らかに重たいというわけではなく、違和感を覚える程度の重さです」

改めて手に取ってみると、確かに重さを感じる。上下左右に振っていたら、ディートリヒ様が反応を示す。

「む？」

「ディートリヒ様、いかがなさいましたか？」

「何か、ぴちゃぴちゃと水の音が聞こえるぞ」

そう言われて、耳元で日記帳を振ってみたが、私には何も聞こえなかった。

「犬の姿である兄上にだけ、聞こえる微《かす》かな音なのかもしれません」

「なるほど」

「メロディアさん、この日記帳を、解体してもいいですか？」

「ええ、もちろんです」

即答したので、ギルバート様は目を丸くする。

「あの、表紙がなくても、日記の内容は読めますので」

「そうですね。あとで、職人に修繕してもらいますので」

ギルバート様に、頼みますと深々と頭を下げる。

「では、いきますよ」

ギルバート様がナイフの柄で、日記帳の表紙を叩く。コンコン、コンコンと音が鳴っていたが、一ヵ所だけ違う音が鳴った。

「背表紙に、何か入っているようだな」

「ええ。メロディアさん、本当に、解体してもいいのですか?」

「はい、大丈夫です。お願いいたします」

ドキドキしながら、日記帳の解体を見守る。ギルバート様は細身のナイフを手に取り、日記帳の本文と表紙の間に刃を入れる。

ベリ、ベリ、ベリと、紙が剝がれる音が鳴った。そして、本文と表紙が切り離される。

表紙には、何もなかった。

「ギルバート、本文のほうだ」

「あ!」

ディートリヒ様とギルバート様が、何かを発見したようだ。

「メロディア、本文の背に、何か付いている」

本文の背には僅かな窪《くぼ》みがあり、そこに試験管のような細長い容器に入ったインクらしき白銀色の液体が付いていた。

「これはいったい、何でしょうか？」

「表面に、文字が刻んであるぞ」

「古代文字ですね」

古代文字とは、魔法を使う際に使用する現代では使われていない文字だ。

「メロディア、読めるか？」

「はい。えっと……〝この液体を水に溶かし、魔法陣を沈める。さすれば、光魔法は完成するだろう〟……です」

「魔法が完成する？」

「ここに書かれてある魔法陣とは、何を示しているのでしょうか？」

魔法陣というのは、大規模な魔法を展開する時に使用する呪文のようなものだ。円を描き、その中に呪文を書く。ただし、正しく呪文を書かなければ、魔法は発現しない。

「そもそも、光魔法とはなんなのか？」

光魔法――何かが引っかかる。腕を組み、考えた。

「メロディア、どうかしたのか？」

「いえ、光魔法を、どこかで聞いた気がして」

「以前、メロディアが使っていた魔法と同じものではないのだな？」

「ええ。あれは、違います。私が使っていたのは、生活で利用できない、魔物の目潰しを目的とした閃光魔法《せんこう》です」

主に、薄暗い場所での戦闘に役立つ。夜に出会った魔物には、効果てきめんだった。

「それではなく、どこかで、話を聞いて……あ！」

「思い出したのか？」

「はい！　両親が話してくれたおとぎ話に、光魔法を使う聖なる狼の話があったんです。その狼が、悪い魔女を倒すために、光魔法を使っていたのですよ！」

「それだ!!」

ディートリヒ様は尻尾をぶんぶんと振りながら、喜んでくれた。

「さすがメロディアだ！　大した記憶力だ！」

「この光魔法さえあれば、私達フェンリル家は狼魔女に勝てるということなのですね」

「そうだ！」

兄弟は手と手を取り合い、喜んでいる。遊んでいる犬とご主人様にしか見えないが、とても微笑ましい。

しかし、喜んでいるところに水を差すのもなんだが、一言物申す。

「あの、魔法陣がどこにあるのかわからないので、喜ぶのは早いのでは？」

ディートリヒ様とギルバート様は途端に動きを止め、しょぼんと肩を落とした。

「あ、いや、すみません」

「いいや、メロディアの言う通り、浮かれている場合ではない」

「そうですね。魔法陣がどこにあるのか、探さなければなりません」

「フェンリル家の前当主……お二人のお父様の日記とかに、何かヒントはないでしょうか？」

私の両親とフェンリル家の前当主は、知り合いだった。光魔法について、何か知っているに違いない。

「父の遺品はすべて探ったが」

「そうだな」

「兄上、もう一度、調べてみますか？」

今度は、フェンリル家の地下にある、先代当主様の遺品部屋で魔法陣探しをすることにした。

「わっ！」

地下の遺品部屋は、私の寝室兼居間よりも広かった。そこには、木箱に入った遺品が山のように積まれている。

「これは、探すのが大変そうですね」

「だが、やるしかない。まず、一つ一つ見て、古代文字が刻まれた品や、ルー・ガルーに関連する書物など見つけたら、部屋の中心に置いている木箱に入れておいてくれ」

「わ、わかりました」

「頑張ります！」

各々分かれて、遺品の調査を始める。

フェンリル家では遺品はすべて保管し、しばらく経ったら、孤児院などに寄贈するようだ。一箱目には、『寄贈対象品』という文字が蓋に刻まれていた。

中に入っていたのは、カシミヤが内張りされた革手袋に高級品にしか見えない靴下、リネンのハンカチに絹の寝間着などなど。寄贈された側は、嬉しいだろうと思われる品々が詰められていた。

この箱には、光魔法の魔法陣が隠されている気配はない。

二箱目には、『文房具類』と刻まれている。持ち手が珊瑚《さんご》の万年筆に白鷲《しろわし》の羽根ペン、手帳など、こちらも未使用の品々が入っていた。

「メロディア、どうだ？」

「それらしきものは、何も」

「そうか」

ディートリヒ様は従僕の手を借りて探しているようだが、怪しい品の発見には至っていないらしい。

「頑張りましょう」

「ああ、そうだな」

三箱目の蓋に手をかける。

「んん？」

開かないと思って見たら、これだけ釘《くぎ》が打ちこんであった。

「あの、これ、開けてもいいですか？」

「どうした？」

「釘が打ってあるんです」

ディートリヒ様が私のほうへとやってきて、確認してくれた。

「ああ、構わない」

釘抜きを使って開く。入っていたのは、大判の布に包まれた衣類だ。乗馬用のジャケットに、スプリングコート、スリーピース・スーツなど、外出着が入っている。

木箱には、『持ち出し厳禁』と書かれていた。

「この服は、寄贈対象ではないのですね」

「ああ。外出着にはすべて、フェンリル家の家紋が入っているのだ。だから、外に出さないようにしている」

襟を捲《めく》って見ると、裏地《ライニング》に狼の横顔が描かれた家紋が刺繍してあった。家紋付きの服が悪用されないように、わざわざ釘を打って門外不出としているのだろう。

「ディートリヒ様、なぜこのように、家紋が縫い付けてあるのですか？」

「それはだな、フェンリル家の者達は千年もの間、狼魔女と戦ってきた話をしたが、戦って亡くなった者は、五体満足で家に戻ることはほぼなかった。そこで、家紋に個人を識別できる刺繍を入れた服を作り、誰が死んだのかすぐにわかるようにしたことが始まりらしい」

「ひえぇえ……」

「父上の服には、家紋の下部にイニシャルが入っているだろう？」

「えっと……どこに」

「ここだ」

「あ、本当ですね」

服を包んでいた布を綺麗に折り畳んでいると、あることに気づいた。

「あれ、これは――」

刺繍された模様に見覚えがあり、服を全部取り出して広げてみる。

「あ！」

「メロディア、どうかしたのか？」

「この布の刺繍、母の遺品のテーブルクロスと、一緒です！」

ディートリヒ様とギルバート様が寄って来て、布を覗き込む。

「これは、不思議な模様ですね」

「古代文字ではないようだが」

しかし、なんだか文字のようにも見える。古代文字でないことは確かだが。

「なんでしょう。不思議ですね。母のテーブルクロスもでしたが、なんだか未完成の品のように感じて」

広げてみたところ、大きさは母のテーブルクロスと同じくらいだった。

「未完成で、寸法は同じ……ですか」

ディートリヒ様がハッとして、叫んだ。

「もしや、二枚の布を繋げたら、魔法陣になるのではないか？　ここの模様は、半円を描いているように見える！」

「確かに」

「さすが、兄上！」

急いで私の私室に戻り、鞄からテーブルクロスを取り出した。

二枚の布の寸法はまったく同じだった。二枚の布を繋げると、綺麗な円形の模様となる。

「どうだ、メロディア！」

「魔法陣っぽいです」

「ぽいとはどういうことだ？」

「刺繍された文字が、古代文字ではないので」

「そうか……」

がっくりしたのも束《つか》の間《ま》、ギルバート様が父の日記帳から出てきた試験管を掲げる。

「あ、あの、これを水に溶いて、布を浸したら、魔法陣が完成するのではありませんか？」

そういえば、試験管に文字が刻まれていたのだ。

――この液体を水に溶かし、魔法陣を沈める。さすれば、光魔法は完成するだろう、と。

私とディートリヒ様の声が重なる。

「それだ!!」

さっそく、ためしてみる。

桶《おけ》に水を張り、試験管の中の液体を入れた。魔法耐性のある杖で水を混ぜる。すると、水面に光る魔法陣が浮かんできた。

水の中に、刺繍された布を入れる。水に手が触れないよう、慎重に沈めた。

すると、水面に浮かんでいた魔法陣が強く光って弾けた。十秒ほど間を置いて、光は収まる。

桶の中の布を覗き込むと糸が解けてなくなり、代わりに古代文字が浮かんでいた。

「ふむ。やはり、この方法で間違いなかったようだな」

「そう、ですね」

「これが、我がフェンリル家の敵である狼魔女を倒す、光魔法――！」

杖を使って布を取り出し、フェンリル家の脱水機を使って水分を絞る。あとは、暖炉の前で乾かした。

「メロディア、どうだ？　この魔法は、使えそうか？」

「ええっと、かなりの上位魔法ですね。いくつか、現代では使用が禁じられている魔法式が使われております」

使ってみないとわからないけれど、円陣の中で魔法式は完成している。呪文を唱えたら、魔法は発現するだろう。

「それにしても、不思議ですね。この魔法は、フェンリル家とノノワール家で半分ずつ保管されていた、ということなのでしょうか？」

「ノノワール家から、半分預かっていたのかもしれない」

「だとしたらなぜ、父上は光魔法で狼魔女を殺さなかったのでしょうか？」

ギルバート様の言葉をきっかけに、会話が途切れる。ますます、謎が深まってしまった。

「ひとまず、必殺の奥義は得た。これで、狼魔女との戦いも、有利になるだろう」

「それもそうですね」

とりあえず、今は光魔法を得たことを喜ぼう。そう言って、互いの健闘をたたえ合った。

第四章　狼魔女と戦うために

今日も朝から日課であるクロウの散歩を行う。今日は、クロウの彼女である白馬も一緒だ。厩番《うまやばん》のお姉さんと共に、フェンリル家の庭を歩く。

「クロウ、だいぶいい子になりましたよ」

「本当ですか？」

暇があれば、クロウの調教をしてほしいと頼んでいたのだ。最初は爆走していたようだが、最近は周囲に合わせて走れるようになったらしい。

「素晴らしい調教の腕前で」

「それが、違うんですよ。私の調教の成果ではなく、クロウが変わったのです」

「ええ、本当ですか？」

「見てみますか？」

「はい」

厩番のお姉さんは、広場で白馬に跨《また》がる。私はクロウに跨がった。

「では、行きますよ」

「ええ」

本当に、クロウは他の馬に合わせて走れるようになったのか。半信半疑である。

お腹《なか》を足で蹴り、合図する。二頭の馬は、同時に走り始めた。

「——え？」

クロウは白馬に合わせて、ゆっくり走っていた。突然、問答無用で駆けだすことはしない。広場を一周、二周、三周と回ったが、結果は同じ。クロウは、勝手に駆けだすことはしなかった。

「クロウ、すごいですね。驚きました」

「愛の力なんですよ」

「もしかして、白馬に合わせるために、爆走癖を直した、ということですか？」

「ええ、そうみたいなんです」

頑《かたく》なだったクロウが変われるなんて、驚いた。いくら言っても、爆走をやめてくれなかったのに。

「心の持ちようで、いくらでも変われるんだなと、クロウを見て学びました」

「心の持ちようで、いくらでも変われる……」

その言葉は、私の心に強く響いた。

私も、変われるだろうか？　その問いの答えは、まだ出てこない。

◇◇◇

ギルバート様に呼び出され、ディートリヒ様と共に書斎に向かった。ここはフェンリル家の所有する書物が、これでもかというほど所蔵された場所でもある。

「ギルバート、どうしたのだ？　ここに呼び出すなど、珍しい」

「フェンリル家の歴史について、調べていたのですよ。話を聞いていただけますか？」

「構わぬ」

「少々長くなりますが――」

そう言って、千年もの歴史ある家系図を広げた。

「フェンリル家は王家の千二百年に続く歴史があり、家系図もこのような状態となっています」

大地から空へと伸びる大樹のように、フェンリル家の家系図は広がっていた。

「ここの、始祖とも呼べる存在はどこから来たのか。その歴史を紐解《ひもと》いてみました」

フェンリル家の歴史書には、戦争で活躍した英雄が爵位を賜り、そこから発展していったと書かれてある。

「フェンリルの名を授かる前、どんな名で、どんな人物だったのか調べた結果、とんでもないことが明らかとなったのです」

「なんだ、それは？」

「始祖の生まれ故郷とされる場所は、ルー・ガルーが住むといわれる森でした」

「なんだと!?」

「ということは、フェンリル家はルー・ガルーを始祖とする一族、というわけでしょうか？」

「その可能性があります」

だとしたら、両親とフェンリル家が繋《つな》がっていた理由が説明できる。

もしかしたら、両親とフェンリル家の前当主は、協力して狼《おおかみ》魔女を倒そうとしていたのかもしれない。

「始祖の記録の中に、一人の女が出てきました。故郷を同じくする、美しい女、と。その者は闇に魅入られ、一族の者の訴えを聞かなくなった、と」

ゾクッと、背筋が凍る。震える声で、問いかけた。

「ギルバート様、まさか、それが狼魔女なのですか？」

「可能性はあります」

狼魔女はルー・ガルーの一族で、始祖を追って森から出てきたのだろうか。

「もしかして、花嫁になるためにやってきたとか？」

「そうかもしれないですね。しかし、その時すでに、始祖は王家の女性を娶《めと》っていた」

「ドロドロの、三角関係だったわけか」

「ええ。その後、始祖の妻は殺され、フェンリル家と狼魔女の千年の戦いが始まったと」

なんてことなのか。きっかけは男女の間にあった愛憎劇だったなんて。

「書物には、我々フェンリル家がルー・ガルーであるとは書かれていませんし、これらは、私が勝手に推測したもので確証は一切ありません」

「しかし、フェンリル家の家紋が狼である以上、関係ないとは言えないだろう」

「ええ」

そもそもなぜ、フェンリル家の始祖は王都にやってきて家を興したのか。

「それについては、メロディアさんの両親と同じではないのですか？」

「狼化できなかった、と？」

しかしそれだったら、私みたいに狼獣人になる人が現れてもおかしくないのでは？

その問いに、ギルバート様が答えてくれた。

「過去に、狼化した祖先の話はありました。いずれも、狼魔女の呪いで、狼と化したのだと思い込んでいたようです」

「そう、だったのですね」

ギルバート様はチラリとディートリヒ様を見る。

もしかしたら、ディートリヒ様も獣化の呪いがかかっていると思い込んでいるだけなのかもしれない。

「あの、兄上、狼魔女に呪いをかけられた日のことを、覚えていますか？」

「覚えている。メロディアと出会った日の話であるからな」

ただ、私の獣化と、ディートリヒ様の獣化は性質が異なる。

ディートリヒ様は常に犬の姿で、喋《しゃべ》ることができる。

一方、私は月夜の晩のみ狼化し、喋ることはできない。

「その点を考えると、やはり兄上には狼魔女の呪いがかけられているのか」

この問題は考えてもわからないので、ひとまずおいておく。

「もう一点、興味深い記述を発見しました」

「なんだ？」

「始祖と狼魔女の戦いの際、魔女を倒す魔法は、『成人を迎えた一族の乙女』にしか使えない、というものです」

ギルバート様とディートリヒ様が、同時に私を見た。

「えっと、つまり、光魔法は私にしか使えない、ということでしょうか？」

「そうではないかと、私は推測しております」

なんてことなのか。光魔法は私だけが使えるなんて。

「きっと、そのことを、狼魔女は知らないのでしょう」

「知っていたら、私は今ごろ、狼魔女に殺されていますよね？」

「……」

「……」

兄弟の沈黙が逆に恐ろしい。嘘《うそ》でもいいから、「そんなことはないよ」と言ってほしかった。

「しかし、不思議なのは、狼魔女はメロディアの両親を殺しておいて、メロディア自身を狙わなかったことだ。なぜだろうか？」

「狼魔女から恨みを買った相手は、末代まで恨まれますから……」

ギルバート様の言葉に、ゾッとする。今までのほほんと生きてこられたことを、奇跡のように思った。

一つ疑問なのは、私が今ものほほんと生きていること。

「わ、私、なんで今まで無事だったんでしょう？」

「……」

「……」

ディートリヒ様とギルバート様は、私からそっと視線を逸《そ》らす。

なんでもいいから、理由付けをしてほしかった。沈黙は恐ろしい。

「まあ、メロディアのご両親が、何かしらの対策をしていたに違いない」

「そうですね。きっと、そうです」

どうやら私は、根拠のない理由で今日まで無事だったらしい。狼魔女に狙われなかった幸運に、感謝しなければ。

昔から、運だけはよかったけれど、それも作用しているのか。

そういうことに、しておこう。私は、運がよかったので、狼魔女に狙われることはなかった。

「大丈夫だ、メロディア。狼魔女が襲ってきたら、私が守る」

「ありがとうございます、ディートリヒ様」


今日はここで解散となる。書斎から出て行こうとしたら、ディートリヒ様に声をかけられた。

「メロディア」

「はい？」

「今晩、一緒に食事をしないか？」

「いいですけれど、私、狼になりますよ？」

「奇遇だな、私もだ」

常に犬の姿であるディートリヒ様がそんなことを言うので、笑ってしまった。

おかしかったのは私だけだったようで、ディートリヒ様は真剣な表情を崩さない。どうやら、大真面目に誘ってくれているらしい。

ディートリヒ様は、熱がこもった視線で私をじっと見つめてくる。

「な、なんですか？」

「いや、メロディアは最近、よく笑うようになったと思って」

「それは……」

心に余裕ができた証拠だろう。ディートリヒ様のおかげと言っても過言ではない。

「ここでの暮らしが楽しいので、きっと、笑顔が増えたのかもしれません」

「本当か？　ここでの暮らしが、楽しいと？」

「嘘は言わないですよ」

「そうだ！　メロディアは、素直な子だ！　そうか、楽しいか！」

ここには、私を必要としてくれる存在《ひと》がいる。

空っぽだった心を、温かいもので満たしてくれるのだ。だから私は、居心地よく感じてしまう。

「ずっと、ここで暮らしていいのだからな！　メロディアがいてくれたら、私も嬉《うれ》しい！」

「ありがとうございます」

「それで、食事の返事は？」

「断る理由はありませんので。逆に、ディートリヒ様こそ、よろしいのですか？　以前、食べているところは誰にも見せたくないと、おっしゃっていたような気がしましたが」

「正直に言えば、恥ずかしい。しかし、メロディアにならば、見せても構わない」

「そうですか。でしたら、ご一緒させてください」

「嬉しいぞ、メロディア！」

そんなわけで、私とディートリヒ様は二人きりの晩餐会《ばんさんかい》を開くこととなった。

晩餐会まで時間があるので、ディートリヒ様に差し入れのクッキーを作ることにした。最近、時間があれば母のレシピを使って料理を作っているのだ。

「料理長さん、ここの材料、使ってもいいんですよね？」

「ああ、好きにしな」

フェンリル公爵家の厨房《ちゆうぼう》の食材は、使い放題らしい。ディートリヒ様が許可を出してくれたのだ。

クッキーは何回か作ったので、上手《うま》く焼けるだろう。

まず、バターに砂糖を入れて泡立て器で丁寧に混ぜる。白っぽくなったら、卵と小麦粉を入れて、ヘラで切るように混ぜ合わせるのだ。まとまってきたら、布巾を被《かぶ》せて冷暗所でしばし休ませておく。

三十分後、生地をめん棒で延ばす。丸い型抜きで生地を抜き、油を塗った鉄板に並べていく。温めておいた竈《かまど》で十分ほど焼いたら、クッキーの完成だ。

お皿に並べ、カードに「ディートリヒ様へ」と書いておく。夜のお茶の時間に持って行くよう従僕に頼んでおいた。

夜、狼の姿となった私は、ディートリヒ様に食堂まで案内された。

そこには、低いテーブルに食べやすいように深皿に盛りつけられた料理、水などが用意されていた。

「狼の姿では、食事をしにくかっただろう？　早く、この場所を貸してあげればよかった」

狼の姿になると喋ることはできないので、首を振ったり頷《うなず》いたりして意思疎通する。

本日の晩餐――ニンジンのポタージュの舌触りはなめらか、フレッシュチーズの生ハム巻きはほんのり感じる塩気がたまらない。豚肉のパテはパンに塗ってもらってから食べる。メインはオマール海老《えび》の焼きもので、プリップリの食感にひたすら感激。途中で白桃の氷菓を食べて口直し。雉《きじ》のパイは、外はサクサクで、中のお肉はあっさりしながらも肉汁に旨《うま》みがある。チコリのサラダは、チコリのシャキッという食感と魚の燻製《くんせい》との相性が抜群。チーズを摘《つ》まんだあとは、デザートのプリンを食べる。カスタードの優しい甘さは、幸せの味だと思った。最後に、温室栽培のイチゴを食べたら、食事は終了となる。どれも、本当においしかった！

ディートリヒ様と狼の姿の私が並んで食事を取るというのは、不思議な気分だった。

けれど、料理がおいしかったら尻尾を振り、目と目を合わせて会話する。

人の姿でいるときよりも、気持ちが通じやすくなったような気がした。

あと、やっぱり食事は誰かと一緒に食べたほうがおいしい。身を以《もっ》て、痛感してしまった。

その後、ディートリヒ様の私室に招かれ、暖炉の前で話を聞く。

「実は、こっそりメロディアに逢《あ》いに行ったことがある」

「わう!?」

そうだったのか。まったく気づかなかった。

「ギルバートに頼んで、散歩をしている犬を装い、こっそり逢いに行ったのだ。しかし、メロディアは目ざとくて、私を見つけると凝視してきて……冷や冷やした」

フルモッフに似た白い犬をやたらと見かけると思っていたけれど、どうやらそのほとんどは本物だったようだ。

「メロディアに気づかれぬよう、着色料でブチ柄を描いたり、犬用の帽子を被ったりして、変装もしていた」

そこまでして私に逢いにきてくれていたのか。

「メロディアは見かける度に、綺麗《きれい》になっていた。他の男に取られやしないかと、冷や冷やしていた。ついでに告白すると、騎士隊の中でメロディアの結婚話が浮上した時は、私のほうに連絡がくるようになっていて、密《ひそ》かに握りつぶしていた」

……そ、そうだったのか。

私に結婚の話があったなんて、知らなかった。

通常であれば、ミリー隊長のほうに連絡が行くらしいが、その前にディートリヒ様のほうに行って結婚の申し出はなかったことにされていたらしい。

「出会いを潰してしまい、すまなかった」

私は首を横に振る。どうせ結婚の話があっても、私は受け入れなかっただろう。

「いつか、迎えに行くつもりだったのだ。予定では、もう少し先だったが……すまなかった」

謝られてしまったが、ディートリヒ様を責める気持ちは欠片《かけら》もない。

ここに配属されてから、両親の謎が解けフルモッフとも再会できた。ずいぶんと、前向きになった気がする。

「ルー・ガルーであることは驚いた。しかし、狼の姿も可憐《かれん》だ。だが、一番重要なことは、どんな姿でも、メロディアはメロディアであることだ。優しくて、まっすぐで、いじらしいほど真面目で、誠実で、一生懸命なお前が、私は好きなのだ」

ディートリヒ様の言葉に、胸がジンとなる。

ミリー隊長のように狼化を気にせず付き合ってくれる、男性《ひと》に出会えたことは、何よりの宝物だろう。

「前にも言ったが、私は、メロディアの苦しみも、悲しみも、楽しみも、喜びも、すべて分かち合いたい。だが、今すぐにとは言わない。五年後でも二十年後でも、どれだけ時が経っても、私は待つつもりだ。もちろん、メロディアが嫌だと言うのならば、今まで通り、そっと見守るだけにしておく」

ディートリヒ様は、今まで私が家族以外に見せていないものに触れようとしてくる。でも、嫌だという感情はなくて……胸がぎゅっと締め付けられた。こんな感情は、知らない。

「メロディアが空を自由に飛ぶ鳥だとしたら、私は羽を休める木の枝になりたいのだ」

「……」

どうして、ディートリヒ様はこんなにも、熱烈に感情をぶつけてくるのか。

私が返せるものなんて、あまりないのに……。

「ダメだろうか？」

耳をしょぼんと伏せながら、ディートリヒ様は聞いてくる。

喋ることはできないので、気持ちを直接伝えられない。だから、ディートリヒ様にそっと身を寄せてみる。

「メロディア……！」

ディートリヒ様に名前を呼ばれると、胸がドキドキする。

凍っていた私の心が氷がそっと溶けていくような、温かな気持ちになっていた。

これはきっと、愛だろう。私は、ディートリヒ様のことが好きなのだ。

定かではなかった感情の名がわかり、ストンと腑《ふ》に落ちる。

暖炉の火と、ディートリヒ様の温《ぬく》もりを感じているうちに、まどろんでしまう。

こんなふうに安らぎを覚えるのは、両親が生きていた時以来だ。

そんなことを考えているうちに、私は深い眠りに就いてしまった。

◇◇◇

ピピピ、ピピピという、愛くるしい鳥のさえずりで目を覚ます。

「ううん……」

近くにあった温かなものに身を寄せ、顔を埋《うず》める。

ふかふかで、手触りがよくて、トクントクンという鼓動を聞いていると心が落ち着く。

「トクントクン？」

なぜ、この温かなものから音が聞こえるのか。

パッと瞼《まぶた》を開くと、そこには真っ白い毛皮のようなものがあった。

否――これはただの白い毛皮ではない。

「メロディア、まだ、ゆっくりしていろ」

「なっ!?」

息が止まるかと思った。

白い毛皮の正体は――言わずもがな、ディートリヒ様である。

私は、ディートリヒ様の寝台で一夜を明かしたようだ。

それだけでも大問題なのに、さらなる問題に気づく。狼化から戻った私は、生まれた時と同じ姿をしていたのだ。

慌てて、近くにあったシーツを手繰り寄せ、体に巻き付ける。

布の擦れる音を聞き、隣で眠っていたディートリヒ様の耳がピクンと動いた。

「ん、メロディア……？」

「こ、こっちを、見ないでください！！」

「な、なぜだ！？」

「は、裸だからです！」

「すごく、見たいのだが！」

「ディートリヒ様、正直すぎるのもどうかと思います！」

そう言って、ディートリヒ様に毛布を被せる。

「これでは、何も見えないではないか！」

「見えないようにしているのですよ！」

使用人部屋に繋がるベルの紐を引くと、従僕がやってくる。扉が僅かに開いたのと同時に、ルリさんを呼ぶようにお願いした。

ルリさんは、私の部屋のほうにある扉から出てきた。

「あ、あれ、ルリさん、その扉、どこと繋がっているのですか？」

「メロディア様のお部屋と」

「ええ！？」

なんと、驚いたことに、私の部屋とディートリヒ様の部屋は一枚の扉で繋がっていた。私の部屋からは、ただの壁にしか見えない。しかし、ディートリヒ様の部屋にはドアノブがあり、それを引いただけで簡単に入ることを可能としている。

「し、知らなかった！」

「メロディア様が使われているのは、フェンリル家の花嫁となる方のお部屋ですからね」

「やっぱり、そうだったのですね」

ディートリヒ様の部屋の隣だなんて、おかしいと思っていたのだ。

「ディートリヒ様！　私、部屋に戻りますので」

「もっとゆっくりしていけ。むしろ、一日中ここにいてもよい」

「いいわけないじゃないですか！」

とりあえず、部屋に戻る。本当に、ディートリヒ様と私の部屋は一枚の扉で繋がっていた。

「ええ～～……」

「ドレスを用意いたしました」

「あ、はい」

今は、服を着ることのほうが重要だった。

サクサクと身支度をする。今日は立ち襟に幾重にもフリルが施された薄紅のドレスを着せてもらった。バッチリ化粧をしたあと、髪も熱したコテで綺麗な縦巻きにし、リボンを左右に結ぶ。

私の前に姿見を運んだルリさんが、次なる予定を報告してくれる。

「朝食をご用意いたしますね」

「あ、あの、お願いがあるんです」

「何か？」

「可能であれば、ディートリヒ様と朝食をご一緒したいなと」

「かしこまりました。伺ってきます」

ディートリヒ様が許してくれるのであれば、一緒に食べたい。ささやかな願いであるが、叶《かな》えてくれるだろうか。

すぐにルリさんが戻ってきて、ディートリヒ様が「ぜひ」と言ったことを報告してくれた。

食堂に円卓が持ち込まれ、私のための朝食が並べられている。そのすぐ傍《そば》に、ディートリヒ様の低い食卓も用意されていた。

急な申し出だったため、ギルバート様はすでに食べ終えていたようだ。また今度、ご一緒したい。

「まさか、メロディアが一緒に朝食を取ってくれるとはな。いい日だ」

「大袈裟《おおげさ》ですね」

思いのほか、ディートリヒ様は喜んでいた。尻尾をピンと伸ばし、忙《せわ》しなく左右に振っている。

「食事も、メロディアと一緒ならば、数百倍おいしい！」

「それはそれは、よかったです」

「うむ！」

朝陽《あさひ》がほんのり差し込む部屋で、私とディートリヒ様は朝食をお腹いっぱい食べた。

「ディートリヒ様、今日はどういったことをすればいいのでしょうか？」

「書類整理と手紙の作成を手伝ってくれ」

「かしこまりました」

いつものようにディートリヒ様の執務を手伝っていたのだが、なんだか、使用人の態度がいつもと違う。

なんだろうか、あの、いつもより慎重というか、私に対して探りを入れるような雰囲気は。

狼獣人であることは、ディートリヒ様にバレた翌日にルリさんにのみ知らせておいた。もしかして、他の人にも私が獣人であることがバレてしまったのか。

その割には、怖がっているだとか、奇異の目を向けている様子はない。

あえて言うならば、かしこまっているとか、一目置いているとか、そんな感じ。

私が何をしたというのか。

気になって仕方がないので、ディートリヒ様に「お花摘みに行ってまいります」と言って執務室から脱出し、扉の外で控えていたルリさんを捕獲。近くにあったリネン室に連れ込んで話を聞いてみた。

「メロディア様、何用でございましょうか？」

「あの、なんかさっきから、みなさんの視線がおかしいのですが」

「みなさん、とは？」

「執事や従僕、メイド頭さんといった、使用人の方々ですよ」

「おかしい、というのは？」

「私を見る目が、今までとまったく違うのです」

「ああ、それは――」

ルリさんの言葉を、固唾を呑《の》んで待つ。

「メロディア様が、旦那様の正式な女性になったから、ですよ」

「正式な女性？」

「花嫁候補、ということです」

「へ!?」

一瞬、狼姿の私とディートリヒ様の間に元気な子犬が生まれた図が浮かんだ。

可愛《かわい》くてモッフモフな、子犬だ。笑顔で子犬を抱き上げるギルバート様が「兄上の子どもは超絶可愛い！」と言い始めたところで、我に返った。

私とディートリヒ様が、結婚を前提とした特別な関係だって？

いやいやいやいや、ないないないない、ありえない!!

ぶんぶんと首を左右に振って、否定する。

たしかに、ディートリヒ様に対して好意を抱いている。ただ、好意イコール結婚ではないのだ。ディートリヒ様個人に対しては、はっきり好きだと言える。けれど、フェンリル公爵家のディートリヒ様となれば、話はまた別だ。

「ええ！　なんでですか、それは！　ないです。絶対に、ないです。どうして、突然そういうことになったのです？」

動転しきった私の問いかけに、ルリさんは無表情で言葉を返す。

「メロディア様は旦那様のお部屋で一夜を明かしました。それが、最大の理由でしょう」

「一夜を明かしたって、お喋りしすぎて眠くなって、そのままディートリヒ様の部屋で眠ってしまっただけですが」

「通常、そのような行為は、かなり親しい関係でないとできませんので」

「いや、まあ、そうですけれど……誤解です。昨晩は、寝ること以外何もしていませんし」

認識を変えてほしい。そう訴えたが、ルリさんは明後日《あさって》のほうを見るばかりだ。

「私とディートリヒ様は、そういう関係ではありませんので」

あれは事故のようなものである。ぜったいに、花嫁候補でもなんでもない。そう弁解しておいた。

「あの、ディートリヒ様は本当に、婚約者とかいらっしゃらないのですか？」

「いらっしゃいません。そういう話を持ちかけられたことはあるのですが、断固拒否しておられました」

「え、なぜ？」

「亡くなった先代には、特別に思っている女性がいると、おっしゃっていたようです。どうやら、メロディア様のことだったようだと」

「そ、それ、私以外の誰かでは？」

ルリ様は首を横に振り、真顔で言った。

「あなた様で間違いありません」

「ええ～～……」

「旦那様は、今まで一度も、特別な女性を作りませんでした。皆、旦那様を信じ、特別な女性を連れてくるのを待っていたわけです」

「で、でも、ほら、私は、平民ですし」

「フェンリル家に嫁ぐ女性の家柄は不問とされています」

なんだか、国王陛下も似たような話をしていた。信じがたい話ではあるけれど。

「大事なのは、強《したた》かさ。メロディア様には、それが備わっているように思っています」

「私が、強か？」

「はい」

「どこが、ですか？」

「人ではない旦那様を受け入れる、懐の深いところなど」

「受け入れていませんが」

「受け入れておられますよ」

ルリさんに言い切られると、「あれ、私、ディートリヒ様を受け入れている？」なんて思いそうになる。

なんというか、この辺の気持ちは複雑なのだ。

ディートリヒ様がただの喋る犬だったらよかったのに。人生のパートナーとして、最高の相手だろう。しかし、ディートリヒ様は公爵家の当主。その妻を、私ができるわけがない。

貴族に嫁いだ女性は、屋敷の女主人として使用人達《たち》を掌握しないといけないと聞いたことがある。的確に指示を出し、屋敷内の秩序を守らないといけない。

そんな大役を、私がこなせるわけがないのだ。

「メロディア様、どうか、一刻も早く腹を括《くく》ってください」

「腹を括ったら、どうなるというのですか？」

「楽になります」

「……」

ルリさんの口ぶりはまるで「無駄な抵抗はやめろ」と言っているようなものだった。

なんだろうか、この貫禄《かんろく》は。十代後半の女性の放つプレッシャーとは思えない。

「あの、考え直しません？　他にも、素敵な女性はわんさかいると思うのですが」

「いいえ、旦那様には、メロディア様しかいらっしゃいません」

「そこをなんとか」

「難しいでしょう」

「ううっ……」

どうしてこうなってしまったのか。頭を抱える私に、ルリさんは「仕事に戻ってください」と淡々と言うばかりであった。


昼からは狼魔女との戦いで使う光魔法の習得を行う。

フェンリル家の地下には、魔法の暴走を抑える部屋があるのだ。そこで、ひたすら光魔法の呪文を唱える。

古代の魔法だからか、なかなか上手く発現させることができない。

発現できても、チカッと光る程度だ。前途多難である。ただ、何度も繰り返すうちに、手ごたえのようなものは感じていた。

光の威力も、どんどん上がっている。

狼魔女を倒せるか否かは、私が使う光魔法にかかっているのだ。なんとしてでも、習得しなければならないだろう。

今日は、拳大の光を作り出すことに成功した。

夕方になると、ルリさんが迎えにくる。

「メロディア様、お風呂の準備が整いました」

「あ、はい！　杖《つえ》の手入れをしてから、行きますので」

急いで水晶杖を聖水で拭き、持ち手にワックスを塗り込む。杖は毎日手入れしないと、魔力に耐えきれずすぐに折れてしまうのだ。

聖水は杖に籠りがちな悪い気を外へ流し、ワックスはペースト状にした魔石が練り込まれていて魔力耐性が上がる。

杖の手入れが終わり、階段を駆け上がる。窓から見える夕陽は、沈みかけていた。

「うわっ、急がないと！」

浴室《バスルーム》には、ルリさんがいた。遅かったので、お湯を追加してくれていたらしい。

「す、すみません」

「構いません。もしも、狼化してしまった場合はお手伝いをしますので」

「いや、悪いですよ」

狼の姿になったら、体を洗えなくなってしまう。けれど、ルリさんに洗わせるわけにはいかない。

「慣れておりますので」

もしかして、ディートリヒ様のお体を洗っていたのだろうか？

想像した瞬間、胸がチリッと痛む。ルリさんがディートリヒ様に触れる様子を想像して、胸がモヤモヤしたのだ。

「メロディア様、いかがなさいましたか？」

「あの、その、ルリさんは、ディートリヒ様の、お風呂の世話をしていたのかな、と思いまして」

ルリさんは私の言葉を聞いて、ふっと笑った。クールな人の笑顔は、破壊力がある。

いや、そうじゃなくて。

「実家で、犬を飼っていたのです。週に一度は、犬をお風呂に入れておりました」

「ああ、そういう意味だったのですね」

どうやら勘違いをしていたようだ。ものすごく恥ずかしい。と、照れている間に、いつもの発作が現れた。狼化が、始まろうとしている。杖の手入れに、時間をかけすぎてしまったようだ。

窓のない地下では、時間の経過を把握しにくい。

「あ……うう っ！」

「メロディア様、狼化ですか？」

「あ……はい」

「何か、用意するものはございますか？」

「み……水を」

いつも、喉の渇きを覚えるのだ。すぐさまルリさんは水を取りに行ってくれた。ここで、意識がなくなる。

「うう……ん」

狼と化した私は、ルリさんの膝の上で眠っていた。

「メロディア様、お目覚めですか？」

「わう」

上から、ふっと噴き出す声が聞こえた。ルリさんが、肩を震わせて笑っていた。

「あの、旦那様のように、お喋りが、できないのですね」

「わう～」

私の間抜けな鳴き声を聞いたルリさんは、さらに笑う。

クールで怖そうだが、笑うと少しだけ優しい雰囲気になる。

「お水を、ご用意しております」

「わん」

お礼を言って、水を飲んだ。レモンが搾ってある水で、さっぱりしていておいしい。

水分補給が済んだあと、ルリさんは私をお風呂に入れ、わっしわっしと洗ってくれた。

「うう……わう……くうん！」

「メロディア様、変な声をあげないでください」

だって、気持ちよくて……。

ルリさんは素晴らしい洗犬技術を持っていた。丁寧に水分を拭い、ブラッシングまでしてくれた。

おかげさまで、毛並みはピカピカである。

仕上げに、首にリボンまで巻いてくれた。

その後、ディートリヒ様と夕食を食べる。ギルバート様もいて、賑《にぎ》やかな食卓だった。

「兄上が食事に誘ってくれるなんて、夢のようです」

「一人で食事をするのは、味気ないと昨晩気づいたからな」

「メロディアさんのおかげですね！　ありがとうございます！」

ギルバート様も、ずっと一人で食事を取っていたようだ。勇気を出して、誘ってよかった。ギルバート様は本当に嬉しいのだろう。いつも以上にニコニコしていた。

楽しい夜は、あっという間に過ぎていく。

◇◇◇

紅葉していた葉は落ち葉となり、大地には点々と雪が散る。フェンリル騎士隊にやって来てから、早くも三ヵ月が経《た》った。

クロウは白馬の彼女と日々、イチャイチャしているようだ。能天気で羨ましい奴《やつ》め。

一方の私はというと、相変わらずバタバタとした毎日を送っている。

だが、任務はいろいろあるにもかかわらず、狼魔女が絡んだ事件はほとんどない。

三日前に起きた誘拐事件の犯人は親族だった。隠し部屋に監禁されているだけだったのだ。一週間前の銀器盗難事件は、飼い犬が持ち出していたことがわかり、犬小屋の中で発見された。

第一騎兵部は、このように騎士隊では解決できないとんでもない任務を回される。

不可解な事件はすべて、狼魔女の仕業にされてしまうのだ。

それを一件一件解決して回る、ディートリヒ様とギルバート様は本当にすごい。

大きな事件のない日々が続いていたが、ある日フェンリル家に早馬がやってきた。第一騎兵部の任務が届いたのである。

今度は、宝飾店の宝石が根こそぎ盗まれたようだ。オーナーの目の前で忽然《こつぜん》と消えたので、狼魔女の仕業だと判断したらしい。

オーナーは四十代くらいの女性で、驚きすぎて腰を抜かし、現在自宅療養しているのだとか。

宝飾店に向かい、現場検証を行う。従業員の女性がオーナーに代わり、状況説明をしてくれるようだ。

いつものように、ディートリヒ様に首輪を付け、散歩紐で繋いで現場に向かう。

「あら、ワンちゃんが調査するの？」

「わん」

ディートリヒ様……真面目な顔で、「わん」と鳴かないでほしい。危うく、噴き出しそうになった。周囲の人達から見れば普通の犬なので、黙ってその場にいるだけでいいのに。

フェンリル騎士隊に異動してきてから、腹筋に力を込めて笑わないよう努める技術を身につけてしまった。

「ふふ。お返事ができるなんて、賢いワンちゃんね！」

ディートリヒ様が、チラリと私を見る。褒められている自分を見ろと言いたいのか。

褒められている内容がアレでよかったのか、謎だ。

店内にお邪魔する。こういうお店に入るのは初めてなので、ドキドキしてしまった。

内装はシックな壁紙に、マホガニー材の床、曇り一つないガラスケースと、洗練されていた。

ただ、商品である宝飾品は一つもない。すべて、狼魔女に奪われてしまったようだ。

ギルバート様が質問を投げかける。

「あの、ここにあった商品だけ、盗まれてしまったのですか？」

「はい。金庫にあった、最高級品のダイヤモンドの首飾りは無事だったようで」

「そうでしたか。不思議ですね」

「ええ、本当に」

一度、従業員の女性には外してもらい、私とディートリヒ様、ギルバート様の三人で調査する。

その前に、首輪がきつそうなので外してあげた。

「ディートリヒ様、その、大丈夫ですか？　苦しくなかったですか？」

「メロディアが付けてくれた首輪だ。苦しいわけがないだろう。もっと、私を縛ってくれ」

ディートリヒ様の変態発言は無視して、調査を始める。

ギルバート様が取り出したのは、瓶に入った液体と綿の付いた棒。綿に液体をしみ込ませ、ガラスケースをポンポンと叩《たた》く。すると、ガラスケースの表面に黒い文字が浮かび上がった。

「これは、なんですか？」

「狼魔女の魔力痕です。これは、現場に残った魔力を調べるものなのですよ」

「へえ、そんなものがあるのですね」

フェンリル家が狼魔女と戦う千年もの間に、特別に作った品らしい。狼魔女の魔力にだけ、黒く染まるようになっているのだとか。

「狼魔女の仕業で間違いないようだな」

この界隈に起こる不可解な事件は、狼魔女の仕業であることがほとんどだ。しかし、たまに狼魔女の模倣犯が出ることもあるらしい。

「なんでもかんでも狼魔女のせいにして、事件を迷宮入りさせようと目論《もくろ》む輩《やから》がいるのだ」

「それはそれは」

「我が家としては、大変迷惑な話なんです」

「ですよね」

今回は、狼魔女の事件で間違いないようだ。

「狼魔女は確実に、この店に来ているようです」

「何もない場所で魔法を発現させるのは難しいので、そうなりますよね」

おそらく、前日に宝飾品を盗み、幻術系の魔法であたかもそこに宝石があるように幻を見せておく。そして、折を見て魔法を消せばいいのだ。

「さすれば、宝石が突然盗まれたような不可解な事件になるかと」

「なるほどな」

狼魔女の魔力痕は、ガラスケースから扉のほうへと続いている。

「ギルバート、メロディア、今から魔力痕を追う」

「そうしましょう」

「承知しました」

店から出て行く前に、ギルバート様はディートリヒ様に首輪を付け、散歩紐を繋ぐ。街歩きをする時は、犬に散歩紐を付けなければならないという王都条例があるからだ。

素直に条例を受け入れるディートリヒ様の横顔は、キリリとしていて潔かった。

「では、ゆくぞ」

「ええ」

「はい」

宝飾店を飛び出し、狼魔女の魔力痕を追う。走っていくのかと思えば、ゆっくり歩いていた。

「あの、ギルバート様、急がれないのですか？」

「街で全力疾走していたら、目立つでしょう」

「まあ、そうですね」

あくまでも優雅に、犬の散歩をしている風を装うのだ。私も、魔法杖代わりの日傘を差し、散歩を装った。

黒い魔力痕はポツポツと続いている。貴族の商店街を通り抜け、中央街を通過し、だんだんと人通りの少ない道に入っていく。

辿《たど》り着いた先は——下町の酒場だった。看板は目立つ場所に出ておらず、常連のみが通う隠れた店、という雰囲気であった。営業していないのだろう。中はまっくらだ。

「なんだか不気味です」

「ええ」

「しかし、行くしかない」

ディートリヒ様はドアノブに前脚をかけ、器用に扉を開けようとする。扉はギイ……と重たい音を鳴らして開いた。

入ってすぐに、地下へ繋がる階段が見えた。ここも、まっくらである。湿り気があって、微妙にかび臭い。

魔石灯を取り出し、灯《あか》りを点《つ》けた。すると、辺りはいささか明るくなる。

「ずいぶんと、古い建物ですね」

「古いな」

「兄上、メロディアさん、足元に注意してくださいね」

階段を下りていくと、扉に行きつく。ディートリヒ様が耳をぴくぴく動かし、中の様子を探っていた。

「兄上、どうです？」

「何か、老婆のような、呪文らしい声が聞こえる」

「何人くらいいそうですか？」

「七、八人くらいいだ」

カルト集団の集まりなのか。気味が悪い。

「準備はいいですか？　中へ入りますよ」

「いつでもよい」

「私もです」

「では――」

ギルバート様がドアノブを捻《ひね》ったが、鍵がかかっているのか扉は開かなかった。

チッと舌打ちしたのと同時に、ギルバート様が扉を渾身《こんしん》の力で蹴る。すると、扉はあっけなく開いた。というより、壊れた。

中は薄暗い。小さな円卓がいくつか置かれ、その上に小さな火を点《とも》した蠟燭《ろうそく》が置かれている。

掃除が行き届いていないのか、ずいぶんと埃《ほこり》っぽかった。天井には、クモの巣が張っている。

ディートリヒ様が言っていたように、中にいたのは七人。黒い外套《がいとう》を纏《まと》っていて、手には杖のような長い棒を握っていた。

突然やってきた私達を見て、人々は驚き警戒している。

中心にいたのは、頭巾を深く被った女性。腰が曲がっているので、老婆なのだろう。呪文を唱えていたのは、きっと彼女だ。

床には魔法陣が描かれ、宝石の付いた首飾りや耳飾り、指輪などが置かれていた。

魔石が変質してなる宝石には、多くの魔力が含まれている。そのため、魔法を使う際の媒体とするのだ。

「そういうことだと思っていました」

「おのれ、何をしようとしていた！」

まずは、幻術を解かなければならない。私は日傘型の杖を床に叩きつけ、呪文を詠唱する。

「──幻影よ、虚像を晴らし、真実を映しだせ！」

蜃気楼《しんきろう》のように、ぐらりと景色が歪《ゆが》む。狼魔女の魔法が強力なせいか、幻術は解けない。

何度か杖で床を叩き、魔力量を増やす。すると、老婆の周囲にいる者達の姿が、歪んで消えた。

代わりに、狼が現れる。

「来るぞ！」

幻術が解けた狼は、こちらに襲いかかってきた。牙を剝《む》き飛びかかってくる狼から、ディートリヒ様は私を守ってくれる。体当たりし、首筋に容赦なく咬《か》み付いた。

ギルバート様も杖を抜いて、次々と斬り伏せている。六頭いた狼は、あっという間に倒されてしまった。

あとは、老婆の幻術を解くばかりである。

相手が狼魔女かどうかの確認は、必ずしなければならない。もしかしたら、関係ない一般市民かもしれないのだ。

手札となる狼がいなくなると、老婆とは思えない素早さでナイフを引き抜き、狼が牙を剝くように襲いかかってきた。

ナイフの切っ先から、何かが滴っている。

「あ、あれは……」

「メロディア、どうした？」

「ナイフから、何かが滴っていたので」

「おそらく、毒だな。ギルバート、ナイフには毒が塗ってある！　気を付けろ！」

「承知しました」

戦うといっても、防御しかできない。まずは、幻術を解かなければ。

今度は、別の方法を試してみる。聖水を床に振りかけ、呪文を唱えた。

「聖なる霧よ、真実を、暴け――！」

部屋の中に、濃い霧が漂った。途端に、老婆の姿が揺らぎ、真なる姿を現す。

狼の顔をした、幼い少女――狼魔女で間違いない。

ホッとしたのも束の間《つかま》、ディートリヒ様の叫びでハッとする。

「メロディア、後ろだ!!」

一瞬、気が抜けていたのだろう。背後から接近する存在に、まったく気づいていなかった。

「グルルル!!」

狼魔女は新たな手札を、呼び寄せていたのだ。

今までの黒い狼《おおかみ》と違い、灰色だった。それに、体が一回り大きい。

ゾクリと、悪寒が走る。

狼は大きな口を開き、私に咬み付こうとしていた。体が硬直して、動くことができない。目を閉じ、歯を食いしばって衝撃に備える。

だが、痛みは襲ってこなかった。なぜだろうか?

そっと目を開くと、ディートリヒ様の姿が見える。

「メロディア、怪我《けが》は、ないな?」

「は、はい」

「よかった」

そう答えると、ディートリヒ様は体を揺らす。首筋に、狼が咬み付いていたのだ。

「グウウウウ!!」

「小癪《こしゃく》な奴め!」

もう一度体を動かすと、狼は離れた。ディートリヒ様の首筋から、ポタリ、ポタリと血が滴る。

狼は姿勢を低くし、再びディートリヒ様に飛びかかろうとした。

させるかと、持っていた魔石灯を投げつける。

「ギャウ！」

魔石灯が当たった衝撃は僅かだが、魔石から発する光に怯《ひる》んだように見えた。

その隙に、ディートリヒ様は狼に頭突きをする。

続いて、ギルバート様が剣を狼へと振り下ろした。

「こいつ!!」

ギルバート様は狼に深く剣を突き刺す。

「ギャウン！」

狼は絶命した。同時に、狼魔女は姿を消す。

それと時を同じくして、ディートリヒ様は倒れる。首筋から、大量に出血していた。

私をかばって、こんな大怪我をするなんて……。

胸が、ぎゅっと締め付けられて苦しくなる。

「ううっ！」

「ディートリヒ様！」

「兄上！」

動転している場合ではない。早く、傷を塞がなければ。

すぐに、回復魔法の呪文を詠唱する。

「メロディア……」

「兄上、喋らないでください」

「私は、メロディアに伝えなければならない、ことがある……」

「兄上！」

「ギルバート、少し、喋らせてくれ……」

首から大量に出血している状態で、何を伝えようというのか。

「メロディア……お前は……、気立てのいい娘で……心優しく……正義感が強く、真面目な娘だ。きっと……幸せに、なれる」

「ディートリヒ、様……」

「だから、一人で生きるとか……悲しいことは……言わないでくれ。空を飛ぶ自由な鳥のように……好きな場所に行って、おいしいものをたくさん食べて……最悪、私と、でなくてもいい。温かい、家庭を、築いて……」

「ギルバート、お前も……幸せに」

涙が溢《あふ》れていたが、眦《まなじり》を拭っている場合ではない。私は私にできることを、しなければならない。

ここで、ディートリヒ様の意識が途切れた。

「兄上、兄上!!」

ギルバート様が悲痛な叫びをあげたのと同時に、私の回復魔法も完成する。

ディートリヒ様の傷の周辺に魔法陣が浮かんだが――パチンと弾《はじ》かれた。

「ど、どうして!?」

「どうやら、傷口に呪いがかかっているようです」

今まで、狼魔女と戦った者達の死因は明らかになっていなかったらしい。

「狼に咬まれると、傷が塞がらない呪いが発動すると？」

「そのようです」

「そ、そんな……そんなの！」

驚いている場合ではない。もう一度、回復魔法をかけてみなければ。まだ、呪いであると決まったわけではないのだ。

しかし――二回目も、三回目も、四回目も魔法は弾かれてしまった。

五回目を唱えた瞬間、杖は折れ曲がってしまう。

「――くうっ！」

銃の暴発のような衝撃に襲われた。杖から手を離したが、遅かった。鋭い痛みに襲われ、手の平が真っ赤に染まっていく。

痛がっている暇などない。ディートリヒ様は、もっと苦しくて、痛いのだ。

手のひらの血で魔法陣を描き、回復魔法を唱えるが――結果は同じだった。

狼魔女の呪いによって、回復魔法は弾かれてしまう。

そうこうしている間にも、床にディートリヒ様の血が広がっていく。先ほどまで荒かったディートリヒ様の息遣いが、だんだんと弱くなる。

触れた手は、驚くほど冷たかった。

心臓に手を当てる。まだ、トクントクンと鼓動していた。

しかし、以前感じた時のような力強さはない。弱々しい鼓動だった。

もう一度、回復魔法を――そう思って呪文を唱えた瞬間、咳《せ》き込む。

喉からじわじわせりあがってきたものを、吐き出してしまった。

血だ。真っ赤な血が、ぽたぽたと床の上に滴っている。

「メロディアさん、もう、やめるんだ」

「で、でも」

「このままでは、あなたまで、死んでしまう！」

ギルバート様の言葉に、ぎょっとする。今まで考えないようにしていた言葉が、脳裏をかすめたのだ。

ぐにゃりと、視界が歪んだような気がした。

死――ぶんぶんと首を振り、その言葉をかき消す。

考え事をしている暇があったら、回復魔法を。そう思ったが、口から呪文が出てこない。意識も、だんだん薄らいでいた。これは、魔力切れが近いのだろう。

気を失っている場合ではないのに。

「ディートリヒ様……起きてください……お願いです」

私の問いかけに、ディートリヒ様は反応を示さない。

すべて、私のせいだ。私のせいで、ディートリヒ様は……。

後悔が荒波のように押し寄せる。

私はなぜ、背後の扉を閉めていなかったのか。

それでなくても、扉を背に立つことなどあまりにも危険なのに。

その時の私は、危機意識がすっぽりと欠落していた。狼魔女に気を取られ、他の危険が迫る可能性を考えていなかったのだ。

そもそも、ディートリヒ様はなぜ身を挺《てい》して私を守ったのか。

公爵家の当主という立場で、狼魔女と戦う使命を背負っているというのに。

「ディートリヒ様……!」

名を呼ぶと、はっはっはっと息をしていた口元が、ゆっくりと閉ざされる。

握っていたディートリヒ様の手は力なく床に落ち、胸に当てた手に鼓動が伝わってこなくなった。

「あ、兄上!!」

脳天を金槌《かなづち》で打たれたような衝撃が走る。

ディートリヒ様は……ディートリヒ様は……。

ギルバート様の慟哭《どうこく》が、鋭い矢のように私の胸に次々と突き刺さる。

私は、神様に祈った。

「私の命はいりません……代わりに、ディートリヒ様を、お助けください……!」

腹の底から叫んだつもりだったが、うわごとのような声しか出なかった。

「どうか、お願いします……お願い――!」

重ねて願う、奇跡を。

「お父さん、お母さん、ディートリヒ様を、守って!!」

そう叫んだ瞬間、両手が淡く光った。周囲に、チカチカと光の粒が浮かぶ。

「こ、これは!?」

急に胸が熱くなり、目も開けていられないほどの光に包まれた。

「メロディアさん、なんでしょうか、この現象は?」

「――、――?」

わからない。そう答えたつもりだったが、言葉になっていなかった。

ふいに、何かの紋章のようなものが見えた。

円陣が星形の模様に囲まれていて、中心に雪の結晶が描かれている紋章。

これは、いったい?

突然の光が、倒れたディートリヒ様の体を覆う。そして、大きな魔法陣が浮かび上がって、眩《まばゆ》い閃光《せんこう》を発していた。

「うっ!」

瞼をぎゅっと閉じているのに、眩《まぶ》しい。いったい、何が起きているというのか。

光が収まり、瞼を開く。床に広がっていた血は、綺麗になくなっていた。

空気が、澄んでいた。まるで木漏れ日の中にいるような、清浄な空間だった。

ディートリヒ様の姿が、忽然と消えていた。

代わりに、見慣れない男性が俯《うつぶ》せで倒れている。
白銀の髪に、引き締まった体軀《たいく》……そしてなぜか、裸だった。
「き、きゃあああああ!!」
悲鳴を上げているうちに、私の意識はどこかへ飛んでいった。
何が起こったのか、まったく理解できないまま。
私は糸が切れた操り人形のように、ぱったりと倒れてしまった。

第五章 最後の戦い

頬に温《ぬく》もりを感じて、私は目覚める。

わずかに身じろぐと、手のひらがツキンと痛んだ。

「ううっ……」

「メロディア！」

ディートリヒ様の声が、耳元で聞こえた。

「ディートリヒ、様？」

「そうだ、私だ！」

返事を聞いた瞬間、ああ、よかったと思う。

一度、確かにディートリヒ様は死んだ。けれど、奇跡が起きて生き返ったようだ。

「ん？　生き返った？」

ありえない状況に、意識が鮮明になる。パッと目を開くと、私を心配そうに見下ろす男性の顔があった。

「え――誰、ですか？」

「私だ、メロディア」

聞き慣れた声に、見慣れない顔――改めて、誰？

絹のようなサラサラの白銀の髪に、空の青をそのまま映したかのような澄んだ瞳。それからスッと通った鼻筋に、安堵《あんど》が浮かんだ口元。驚くほどの美貌の青年が、私を見下ろしている。

ギルバート様と雰囲気が似ているが、まったくの別人だ。

混乱の中で、再度問いかける。

「あの、すみません、同じような質問を繰り返して申し訳ないのですが、どなたですか？」

「私が、わからないというのか？」

「いや、声は確かにディートリヒ様なのですが……」

そう答えると、青い瞳に喜びの色が浮かぶ。

「ま、まさか、本当に、ディートリヒ様なのですか？」

「そうだ」

「なぜ、人の姿に戻ったのですか？」

「それは――話せば長くなるが」

「構いません」

起き上がろうとしたが、制止された。このままで話を聞いてもいいらしい。

「では、始めるぞ」

「はい」

「私は、メロディアの中にあった、ルー・ガルー一族の『聖なる刻印』の奇跡によって呪いの傷が完治し、狼化の呪いからも解放されたのだ。以上である」

ぜんぜん、長い話ではなかった。

いやいやいや、そうじゃなくて。

「ど、どういうことなのですか？　聖なる刻印とは？」

「ギルバートが調べてくれたのだが」

聖なる刻印――それは、命と引き換えに発現する奇跡の力。それが、二つも私の中に在ったらしい。

聖なる刻印は呪いを撥《は》ね除《の》け、ディートリヒ様を生き返らせてくれたようだ。

「でも、どうして私の中に、そんなものがあったのでしょう？」

「聖なる刻印は、メロディアの両親が遺《のこ》した遺産のようだ。父君から一つ、母君からもう一つ」

「命と引き換えに、私に授けてくれた、と？」

「おそらく、狼魔女との戦いで瀕死《ひんし》になった時に、聖なる刻印をメロディアに授けたのだろう」

「そんな……」

「ご両親からメロディアへの、愛だったのだ」

聖なる刻印はその身に宿すだけで、強力な魔除《まよ》けにもなるようだ。

「狼魔女のような大きな力を持つ悪《あ》しき者は、メロディアに近寄れなかったのだろう」

「だから私は、今まで狼魔女に襲われずに済んだのですね」

「そのようだな」

おそらく、昔から感じていた運のよさは、聖なる刻印の力のおかげだったのだろう。私はずっと、両親に守られていたのだ。

思わず胸に手を当てて、心の中で両親に呼びかける。

――お父さん、お母さん……ありがとう。

返事はないが、じんわりと温かいものが胸の中に満たされた。

「メロディア、私を救ってくれて、ありがとう」

「お礼を言うのは、私のほうです。ディートリヒ様、狼の襲撃から守ってくださり、ありがとうございました」

言い終えないうちに、眦《まなじり》からポロリと涙が零《こぼ》れてしまう。ディートリヒ様は私の涙を指先で拭ってくれた。

「カッコよく助けたつもりだったのだがな。気づいたときには、咬《か》まれていた。まったく、スマートな助け方ではなかった」

「そ、そんなことは……」

「こうして、メロディアを泣かせてしまった」

「これは、嬉《うれ》し涙です」

「そうか……だったら、よかった」

その会話を最後に、再びウトウトしてしまう。

心地よい睡魔が、眠りの世界へと誘《いざな》っていったのだ。

◇◇◇

朝——ケーキョ、ケーキョ、ケキョケキョケキョ！　という鳥の囀《さえず》りで目を覚ます。どうして、朝からこのように元気なのか。

「うう〜〜……」

すぐ近くに人の気配を感じ、瞼《まぶた》を開く。傍《そば》にいたのは、私の専属侍女であるルリさんだった。目が合ったので、朝の挨拶をしてみた。

「ルリさん、おはようございます」

「おはようございます、メロディア様」

起き上がると、欠伸《あくび》が零れた。

「ふわ〜〜……」

まだまだ目が覚めない私に、目覚めの一杯と呼ばれる紅茶が差し出された。

濃いめに淹《い》れてあるお茶で、舌に感じる渋みが「目覚めよ！」と訴えているような気がした。

ふと、手の怪我《けが》が綺麗《きれい》さっぱりなくなっていることに気づく。

「んん？」

「いかがなさいましたか？」

「夢と現実の区別が、あまりついていなくて」

「どんな夢を、ご覧になっていたのですか？」

「宝飾品を盗んだ、狼魔女を追う夢です」

フェンリル家に早馬がやってくるところから始まる。

「宝飾店のガラスケースにあった商品が根こそぎ盗まれて、私とディートリヒ様、ギルバート様の三人で調査に向かうのです」

夢なのに、記憶が鮮明だ。その時の気温や喋《しゃべ》り声《ごえ》、風の勢いまで、はっきり思い出せる。

「いろいろあって狼魔女の所在を突き止め、潜入するのですが、ディートリヒ様が私を庇《かば》って亡くなってしまうのです。そのあと、不思議な奇跡が起きて――」

「旦那様の怪我は完治。犬化の呪いも解けた、と」

「そうです！　夢なんですけれど、びっくりしました」

「メロディア様、それは現実です」

「え？」

「旦那様は、人の姿に戻っています」

ガチャン！　という音でハッとする。右手で口元まで運んでいたカップを、左手で持っていたソーサーの上に落としてしまったのだ。

紅茶がぴちゃんと跳ね、頬に飛んでくる。

「あ、熱っ！」

すぐさまルリさんは私の手からカップを取り上げ、顔を洗うために置いていた桶《おけ》の水に手巾を浸し、絞ったものを頬に当ててくれた。

「す、すみません」

夢だと思っていたことは、すべて現実だった。

本当にディートリヒ様は、人の姿に戻っているようだ。

「メロディア様、もう、お一人だけの体ではないので、ご自愛を」

「一人だけの体じゃないって……」

「旦那様は人の姿に戻りましたから、あとは、メロディア様と結婚するばかりです」

「そ、それは！」

「覚悟はお決めになっておられますよね？」

ディートリヒ様の呪いが解けたら考えようと、後回しにしていた問題である。

面と向かって話をしなければならない。

「あの、ディートリヒ様と朝食をご一緒できるでしょうか？」

「伺ってまいります」

すぐに、答えは返ってきた。「もちろん、大歓迎だ」と。

「メロディア様が目覚めたと聞いた旦那様は、すぐにでも逢《あ》いに行くとおっしゃいましたが、丁重にお断りをしました」

「ありがとうございます」

私は三日間、眠っていたらしい。まずは、お風呂に入りたい。

できる侍女ルリさんは、お風呂を準備してくれていたようだ。

「あ、そういえば、私、手に怪我をしていたのですが」

「旦那様が、国一番の回復魔法の使い手を呼び寄せ、治してもらったようです」

「そ、そうだったのですね」

おかげで、痛みから解放されている。あとで、お礼を言わなければならない。

ただ、筋肉痛だけは治せなかったようだ。歩くだけで、体が痛い。

「うう、そんなに運動していないのに」

魔力を使い果たした弊害なのか。人の姿では初めて、ルリさんに入浴の手伝いをさせてしまった。

「す、すみません」

「お世話は、私の仕事ですので」

「本当に、心から感謝しています」

その後、丁寧に体を拭いてもらい、髪の毛も乾かしてもらった。

ドレスはライラックカラーの、胸に薔薇《ばら》のボタンが連なったデイタイム・ドレスを纏《まと》った。化粧を施し、髪の毛はハーフアップにしてもらう。天鵞絨《ビロード》のリボンを結んだら身支度は完了。

ディートリヒ様が人の姿に戻ったと聞いているので、いつも以上に緊張している。

一度目覚めた時に顔を見たけれど、改めて見ても恐ろしいほど整っていた。

ギルバート様は精悍《せいかん》な感じだけれど、ディートリヒ様は麗しいと表現したほうがいいのか。兄弟なので雰囲気はちょっぴり似ているものの、容貌はまったく異なる。

食堂の扉の前で胸に手を当てて深呼吸していたら、いきなり扉が開かれた。

自分だけの宝物《ガラクタ》を発見した少年のような、キラキラの笑みを浮かべるディートリヒ様である。

「メロディア！　よかった。起き上がれるようになったのだな！」

「わっと！」

ディートリヒ様は私を見つけるなり、抱きしめてきた。

声はいつものディートリヒ様なのに、姿が違うから動揺してしまう。

「兄上、朝から何をしているのですか！」

「ギルバート、メロディアが目覚めたぞ」

「見ればわかります」

「ああ、よかった。私はメロディアがこうして元気になったことが、何よりも嬉しい！」

「わかったので、メロディアさんを解放してあげてください。困っているでしょう」

「そ、そうか。すまなかった」

ディートリヒ様はしょぼんとした様子で、私から離れる。

なぜだろうか。人の姿に戻ったのに、伏せた耳とだらんと下を向いた尻尾が見えた気がする。

目の前の男性は、確かにディートリヒ様なのだ。

やっと、ディートリヒ様が無事だったのだと実感することができた。

「ディートリヒ様……」

「ん?」

「よく、ご無事で」

「メロディアのおかげだろう」

ディートリヒ様は私にそっと手を差し伸べる。恐る恐る伸ばした指先を重ねたら、触れた手はとても温かかった。

朝食はチョコレートを溶かした温かい飲み物ショコラ・ショーに、三日月パン、茹《ゆ》でたソーセージに、根菜の温サラダ。

ショコラ・ショーはカフェボウルいっぱいに満たされていて、甘い香りを漂わせている。こんな贅沢《ぜいたく》な飲み物は、初めてだ。湖を覗《のぞ》き込むように、見下ろしてしまう。

「メロディア、ショコラ・ショーに三日月パンを浸して食べてみろ。おいしいぞ」

「え、そんなこと、してもいいのですか？」

「いい。私が許す」

そう言って、ディートリヒ様は優雅な手つきで三日月パンを千切り、ショコラ・ショーに浸して食べる。

「ふむ、うまい」

ギルバート様も、平然とした表情で、ショコラ・ショーに三日月パンを浸して食べていた。

どうやら、本当にそういう食べ方がフェンリル家では許されているようだ。

私も真似《まね》して、三日月パンを千切ってショコラ・ショーに浸す。零れないよう、素早く口に運んだ。

「んんっ！」

三日月パンの層になった生地に、ショコラ・ショーが染み込んで豊かな甘みをもたらしてくれる。三日月パンの薄いパリパリの皮と、チョコレートの相性は抜群なのだ。

「メロディア、おいしいか？」

「はい、とっても！」

「そうか」

ディートリヒ様の眼差《まなざ》しは、とろんと蕩《とろ》けるように細められた。それは、孫は目に入れても痛くないと言うお爺《じい》さんのよう……。いや、ちょっと違うか。

ショコラ・ショーは私を元気づけるために、用意されていたのか。

世界一おいしい飲み物だと思った。

◇◇◇

ギルバート様からルー・ガルー一族の『聖なる刻印』についての書物を見せてもらった。該当ページを開いてもらう。すると、私が見た紋章とまったく同じ模様が、本に描かれていたのだ。

聖なる刻印が発動した時、私の胸辺りにも同じ紋章が浮かんでいたらしい。

「これはルー・ガルーの歴史書や研究書ではなく、童話なんです」

「子ども向けに書かれていたと」

「はい」

内容は流し読みしていたが、紋章ははっきりと覚えていたようだ。

「見た時に、綺麗な挿絵だな、と思っていたんです。まさか、実在するものだったとは……」

両親が私に聖なる刻印を授けてくれたおかげで、狼魔女に狙われずに済んだのだ。

それだけでなく、ディートリヒ様を助け、呪いから解放してくれた。両親には深く感謝をしなければならないだろう。

本をぎゅっと抱きしめ、両親に「ありがとう」と呟《つぶや》いた。

ここで、ディートリヒ様が思いがけない提案をしてくれる。

「その本はメロディアにあげるぞ」

「そ、そんな。これは、貴重な本ですよね？」

装丁は革張りで、表題は金の箔押《はくお》しだ。ひと目で、ただの本ではないことがわかる。

「よい。メロディアが持っていたほうが、大事にしてもらえる」

「たしかに。私もそう思います」

なんだか遠慮してはいけない雰囲気になる。お断りをすると、却《かえ》って失礼になりそうだ。

「でしたら、その、ありがたく、いただきます」

素直に受け取ると、フェンリル家の兄弟は揃《そろ》って笑顔になった。

美形二人の微笑《ほほえ》みは破壊力抜群だ。眩《まぶ》しくって、思わず目を瞑《つぶ》ってしまった。

午後からは、光魔法の訓練を行う。今日は、ディートリヒ様の監視付きだ。

人の姿だと、執務はいつもの半分以下の時間で終わってしまったらしい。時間を持て余しているので、やってきたと。

「私が見守っているから、無理はできないぞ」

「ほどほどに、頑張ります」

「うむ」

背後からの視線を気にするな、というのは難しいことだろう。いつもよりも緊張気味に、呪文を唱える。

「あれ？」

不思議なことに、いつもより呪文をスラスラ唱えることができた。魔力の流れも、普段より掴《つか》みやすい。

「――光よ、瞬け《エス・ブランドル》！」

地下部屋は眩《まばゆ》い光に包まれた。

「えっ、何これっ、眩し……」

「メロディア、目を閉じよ！」

ディートリヒ様はそう叫び、私を背後から抱きしめて目を手で覆ってくれた。

五分くらい光り続けていただろうか。収まったあと、ディートリヒ様の腕の中から解放された。

「すごい輝きでしたね」

「あれが、狼魔女を祓《はら》う真なる光魔法なのだろう」

「あ！」

もしや、先ほどの光魔法は大成功だったのか。

「つ、ついに、習得できたのですね」

「ああ。メロディア、体は大丈夫か？」

「ええ！」

「すごいぞ、メロディア!!」

振り返った私は、そのままディートリヒ様に抱き着いた。

「ディートリヒ様、私、嬉しいです」

「ああ！」

これで、私達《たち》は大きな一歩を踏み出した。あとは、狼魔女を倒すばかりだろう。

◇◇◇

狼魔女の本拠地の目星は、おおよそではあるがついているらしい。

ギルバート様が広げた地図に、赤いマル印が付けてある。

「王都から馬車で三日かかる場所にある、レーンジョエルト湖のほとりに、古城があるんです。そこは、国内でもっとも狼の出現率が高く、周囲に人里もありません。古城を囲む鬱蒼《うっそう》とした森は、底なし沼も多くあることから、『人喰《ひとく》いの森』と呼ばれ、近づかないように言われています」

過去にも何人か、人喰いの森に狼魔女を退治に出かけたフェンリル家の勇敢な騎士がいたらしい。

「残念ながら、一人も戻ってきておりません」

「……」

「……」

三十名ほどの犠牲者を出したのをきっかけに、人喰いの森へ狼魔女の討伐に行くことを禁じたのが百年前の話らしい。

「王都へやってくるのは、狼魔女の分身ばかりだ。本体を倒さなければ、意味がない」

「今こそ、人喰いの森の狼魔女を倒さなければなりません」

千年もの戦いを、今、終わらせるのだ。

気合いを入れたところで、進言させてもらう。

「あの、一つよろしいですか？」

「なんだ？」

「今まで、フェンリル騎士隊は、王立騎士団の力を借りたことはあるのでしょうか？」

「いや……ないな？」

「ええ、ないと思います」

やはり、フェンリル騎士隊は王立騎士団の手を一度も借りていなかったようだ。

「でしたら、人喰いの森に遠征する際に、王立騎士団の力を借りませんか？」

「それは――」

「ううむ……」

ディートリヒ様とギルバート様は、眉間に皺《しわ》を寄せて険しい表情となる。

それは、無理もないのかもしれない。千年もの歴史の中、フェンリル騎士隊は誰からも手を借りず、自身の力のみで戦ってきたのだ。いまさら、他人の手を借りることなど、自尊心が許さないのだろう。けれど――命は何物にも代えられない。

「おそらく、狼魔女の本拠地ともなれば、多勢に無勢が予想されます。そうなったらきっと、私は足手まといになってしまうでしょう」

話しているうちに、瞼が熱くなる。堪《こら》えきれずに、涙が滲《にじ》みでた。

「もう、ディートリヒ様が血を流しているところも、ギルバート様が悲しんでいるところも、見たくありません。だから、どうか――」

あとは、言葉にならずに涙が溢《あふ》れてくる。

ディートリヒ様は、指先で私の頬を伝う涙を拭ってくれた。

「メロディア、泣くな。泣かないでくれ」

「ううう」

「私が、私達が悪かった。ギルバート、もう、意地を張っている場合ではないな」

「そう、ですね。こうなったら、これを最後の戦いにしたいです。そして、できる限りの対策をして、味方を率いて、戦いましょう」

「ああ。メロディア、そういうわけだ。安心したか？」

ディートリヒ様の言葉に、私は深々と頷《うなず》いた。

◇◇◇

驚くべきことに、ディートリヒ様はミリー隊長を家に招いてくれた。なんでも、協力の打診をする前に、王立騎士団の現状を知りたかったらしい。

ミリー隊長は騎士団の正装姿で、フェンリル公爵家を訪問した。

「ミリー隊長！」

「メロディア魔法兵！」

久しぶりにミリー隊長に逢えたことが嬉しくって、駆け寄ってしまった。手を広げてくれたので、そのまま抱き着いてしまう。

今までだったら、絶対にこういうことはできない。しかし、私達は同じ寝台で過ごし、ボール遊びをした仲なのだ。抱擁くらい、許されるだろう。

「よかった、元気そうで」

「ミリー隊長も！」

背後で、「ごっほん！」という咳払《せきばら》いが聞こえた。ディートリヒ様だ。

「ずいぶんと、私のメロディアと、親密なのだな」

「私のメロディア？」

ディートリヒ様の発言に、ぎょっとする。いつ、ディートリヒ様のものになったのか。

「あの、私の部下、とおっしゃりたかったのだと」

「ああ、そういうことか」

素直なミリー隊長は、あっさり信じてくれる。ディートリヒ様の不満そうな視線がグサグサ突き刺さっていたが、気にしている場合ではない。

「立ち話もなんだ。そこに、かけられよ」

「はっ！」

ミリー隊長の隣に座ろうとしたら、ディートリヒ様がしょんぼりとした視線を寄越す。またしても、伏せた耳とだらんと下がった尻尾の幻が見えた。ディートリヒ様はもう、犬ではないのに……。

私はあの表情に弱い。仕方がないので、隣に座ってあげることにした。

「フェンリル騎士隊、第一騎兵部、ディートリヒ・デ・モーリスである」

「王立騎士団、第十七警邏《けいら》隊隊長ミリー・トールと申します」

「突然呼び出して、申し訳なかった」

「いえ、メロディア魔法兵の様子も伺いたかったので。手紙でのやり取りはしていたのですが、実際に顔を見ると、安心します」

「ふむ。この通り、メロディアは可愛《かわい》くて元気いっぱい。心配は無用である」

ディートリヒ様の私が可愛いという余計な報告にミリー隊長は首を傾《かし》げたものの、すぐに聞かなかった振りをしてくれた。さすが、ミリー隊長である。

「たくさん食べて、よく眠っているだろうことが、よくわかります」

二人が私のことを話しているのは、ちょっと恥ずかしい。早く、本題に移っていただきたい。

「あの、ミリー隊長、今日は、ディートリヒ様が王立騎士団について話を聞きたいとのことです」

「ああ、そうだったな」

ミリー隊長は王立騎士団について、話し始める。

「我が騎士団は、複数の部隊があり——国王や王族の身辺を守る『国王親衛隊』、『王族近衛隊《このえ》』、市民と国の治安を守る『警邏隊』に、離れた土地での問題を解決する『遠征部隊』、人が絡んだ事件を担当する『特殊騎兵隊』が存在します」

騎士団の中でもっとも人数が多いのは、警邏隊である。王都の見回りから門番、地方の駐屯地での勤務や、国境警備など、仕事は多岐にわたる。

「毎回、警邏隊が解決できない事件を、フェンリル騎士隊に解決していただき、深く感謝しております。騎士達は皆、少数精鋭のフェンリル騎士隊を、深く尊敬しております」

「他の騎士がそのように思っていたとは、知らなかった」

一介の騎士にとって、フェンリル騎士隊はそれくらい遠い存在なのだ。

「フェンリル騎士隊の第一騎兵部をモデルに作った部隊が、『特殊騎兵隊』です。彼らも、日に日に活躍の場を増やしているようです」

「ふむ」

やはり、特殊騎兵隊の騎士も、フェンリル騎士隊に憧れを持っているようだ。

「フェンリル騎士隊は、騎士達の希望です。命を懸け、不可解な事件に挑み、必ず解決する——。王立騎士団の目指す理想形が、フェンリル騎士隊だと私は思っています」

一人ひとりの騎士が精鋭であれ。それは、王立騎士団の理念である。それを体現しているのが、フェンリル騎士隊なのだろう。

「そうか。その話を聞いたあとでは言いにくいのだが——私達は、王立騎士団の力を借りて、ある存在《もの》を討伐したいと考えている」

「それは、きっと騎士達は喜ぶと思います」

「喜ぶ、とはどういうことだ？」

「今まで、フェンリル騎士隊の力を借りるばかりだったので、恩返しができるかと」

「なるほど。そう考えるか」

ディートリヒ様の表情が和らぐ。どうやら、王立騎士団に対する意識が変わったようだ。

その後、食事をして、ミリー隊長と別れることとなった。

「泊まっていけばいいものを」

「ありがたいお申し出ですが、明日は任務が入っておりますゆえ」

「そうだったか」

別れ際に、ミリー隊長はリボンが巻かれた箱を、私に差し出した。

「メロディア魔法兵、受け取ってくれ」

「ミリー隊長、こちらは？」

「私からの、贈り物だ。気に入ってくれると、嬉しい」

「あ、ありがとうございます」

ミリー隊長は爽やかに微笑んでから、帰っていった。

応接間に取り残された私は、ディートリヒ様の刺さるような視線を一身に受ける。

「メロディア、ずいぶんと、あの隊長と仲がいいみたいだな」

「それはまあ、ずっと同じ部隊にいたので」

「ミリー・トールよりずっと前から、私はメロディアを知っていたぞ」

「そうですね」

「なのに、私よりも、親密そうだった」

「同性なので、気を許している点もあります」

「ぐぬぬ……」

続いて、ディートリヒ様の視線はミリー隊長の贈り物へと注がれた。

「それは、なんだ？」

「なんでしょうね？」

「ま、まさか、装身具ではないな？」

「いやいや、それはないでしょう？」

「しかしその、正方形の箱は、実に装身具っぽいぞ！」

「違うかと」

「だったら、ここで開けてみよ」

ディートリヒ様の気が治まるならば、開封でもなんでもいたします。そういう気持ちで、リボンを解く。手触りのいいリボンはしゅるりと解けた。

ミリー隊長は私に何を贈ってくれたのか。箱の中身は、けっこう重い。お菓子ではないことは確かだ。

ドキドキしながら、蓋を開いた。

「こ、これは……！」

「なんだ？」

ディートリヒ様はきょとんとした目で、箱の中身を見ている。私も同じような目をしているだろう。

ずっしりと重い革張りのそれは――ボールだ。

「メロディア、私にはボールに見えるが？」

「ええ、ボールです」

「なぜ、ボールを？」

思いがけない質問に、遠い目をしてしまう。

それは、狼化した時に、ミリー隊長とボール遊びをしたことがあったからだ。

勘違いされないよう、説明しておく。

「その、狼化すると、ボール遊びが大好きになるからなんです。ミリー隊長はそれを知っているので、贈ってくださったのでしょう」

「そうか、メロディアは、ボール遊びが好きだったのか」

「いや、狼化した時の、狩猟本能といいますか」

「気づかずに、すまなかった。今晩からは、私と一緒にボール遊びをしよう」

「あの、大丈夫ですので」

そんな風に言ったが、夜、ディートリヒ様はボールを片手に私を庭に連れ出す。

そして――思いっきりボール遊びを楽しんでしまった。

「ほ～ら、メロディア、今度は遠くに投げたぞ！」

「わう～～」

いや、「わう～～」ではなくって。

でも、ボールを投げられたら、追いかけちゃう。だって、狩猟本能があるんだもの。

◇◇◇

ディートリヒ様は王立騎士団に狼魔女の討伐協力を依頼。すぐさま、承認されたようだ。

ギルバート様は騎士達のもとへ出向き、狼魔女についての説明を行う。

今まで、狼魔女の存在は隠されていた。しかし、協力を得ることになった今、隠し通すことはやめ、包み隠さずに告げたようだ。

狼魔女の手下である狼の中には、強力な呪いを持つ存在がいる。咬み付かれたら出血が止まらないなど、大変な事態となるのだ。

呪いを持つ狼は、光を怖がる傾向にあった。そのため、聖なる刻印が刻まれた光の加護付きのお守り《アミユレット》を作成し、騎士一人ひとりに配られることになった。

狼魔女の狼と戦う訓練も始まる。ディートリヒ様も騎士団に行って、指導しているようだ。

一方、私はディートリヒ様の代わりに執務を行う。一日中部屋に籠りきりの生活を送っていた。

忙しい日々を過ごしているので、ディートリヒ様と逢えるのは夜だけだ。

ロマンチックな夜の逢瀬《おうせ》に――なるわけがない。

私は狼と化し、喋ることができなくなるからだ。

夜、何をしているのかというと、庭に出て楽しい楽しいボール遊びをしていた。

「ほ～ら、メロディア、ボールを飛ばすぞ！」

「わふ～～」

……いや、「わふ～～」じゃなくって。

自分の鳴き声に内心突っ込みつつも、ボールが飛ぶと追わずにはいられない。

跳ねるボールを、跳躍して口で受け止めた。すると、ディートリヒ様が拍手をして喜ぶ。そこから、全力疾走で戻り、ボールを返す。

「メロディアは偉いな。ボールを拾いに行くのが速くて。才能がある！」

「わう！」

ディートリヒ様が私の頭を優しく撫《な》でてくれる。自然と、尻尾が揺れてしまった。しようもないことで褒められたのに嬉しいのは、犬の本能なのか。

そういえば、ディートリヒ様も返事ができて偉いと褒められた時には誇らしげだった。きっと今の私も、誇らしげな顔をしているに違いない。

息切れするまでボール遊びをした私達は、庭の真ん中で敷物も敷かずに座った。

今日も、すごく楽しかった。

最近はもっぱら、趣味＝ボール遊びになりつつある。昼間は運動不足なので、ちょうどいい。

ディートリヒ様が、天に向かって指を差す。

「わ……！」

空には、大地に降り注いできそうなほどたくさんの星が浮かんでいた。今まで、ボール遊びに夢中で気づかなかった。

しばし星を見上げていたが、ディートリヒ様が独り言を呟くように話し始める。

「とうとう明日から、遠征が始まるな」

「くうん」

三ヵ月にも及ぶ準備の末、ついに明日から『人喰いの森』への遠征が始まる。

私も、光魔法を武器に戦いに参加する。

私の調子もいい今が、きっと最終決戦のタイミングなのだろう。

「長かった……本当に、長かった」

千年という時間は、想像できない。その年月を、フェンリル騎士隊は果敢に戦ってきた。その戦いに、決着を付ける時がきたのだ。

「フェンリル騎士隊は、千年も狼魔女と戦ってきた。信じられないな。それに、幼いころから父や周囲の親戚に、絶対に近寄るなと言われていた、人喰いの森へ行くのだ」

ディートリヒ様を見上げる。表情が強張《こわば》っているように見えた。

今の私は狼なので、夜目が利く。そのため、表情もはっきり捉えてしまうのだ。

「メロディア……」

ディートリヒ様はいつも堂々としていて、隙がない。けれど、まだ二十三歳の青年なのだ。一族の悲願のすべてが、ディートリヒ様の肩にのしかかっている。日々、感じている重圧は、半端なものではないだろう。

「ギルバートには、ついて来いとか、大丈夫とか、大きな態度でいるが、本心は、違うのだ。ものすごく、恐ろしい」

「くう……」

「情けないな、私は」

肩が震えているように見えた。

やはり、私には想像できないほどの期待が、ディートリヒ様のもとに集まっているのだろう。

ディートリヒ様の地面に突いている手に、私の手を重ねる。

狼なので、微妙に「お手」っぽくなっているけれど、「傍にいるよ」という気持ちは伝わるだろうか？

ディートリヒ様はハッとして、私を見下ろす。少しだけ、泣きそうな顔をしていた。

肩に身を寄せ、冷え切った体を温める。運動で温まった犬科動物はぬくぬくなのだ。

「メロディア……ありがとう。勇気が出た」

そう言って、淡く微笑んだ。私の気持ちは、どうやらきちんと伝わっていたようだ。

再び空を見上げていたら、キラリと星が瞬き、流れていく。流れ星だ。

流れ星に願いを三回唱えると、叶《かな》うという。

私の願いは――フェンリル騎士隊が、狼魔女に勝つこと。

一瞬、ディートリヒ様の幸せもと思ったけれど、これは流れ星に願うことではない。

たぶん、ディートリヒ様は私が一緒にいれば、幸せなのだ。だから、彼の幸せは、私が叶えてあげることにした。

翌日――狼魔女討伐の遠征日の朝を迎えた。

この作戦に参加する女性は、私とミリー隊長のみ。常に、一緒に行動するようディートリヒ様から命じられている。夜も、ミリー隊長と天幕を共にする予定だ。

ルリさんがカーテンを開く音で目覚めた。

「おはようございます」

「メロディア様、おはようございます」

いつもと同じように、濃いめに淹れた紅茶を差し出してくれた。目が、はっきりと覚める。

続いて、身支度を手伝ってもらう。

ただ、今日はドレスではなく、フェンリル騎士隊の制服に袖を通した。

立ち襟の白いジャケットに踝《くるぶし》丈のスカート、胸にはフェンリル家の家紋が刺繍《ししゅう》されている。一応用意されていたのだけれど、着る機会がなかったのだ。

白いマントを肩にかけ、左右の合わせ部分に聖なる刻印を模したお守りを付ける。

化粧を施してもらったら、身支度は整った。

「ルリさん、ありがとうございます」

「とんでもないことでございます」

これも、いつものやりとりだ。今日で最後にならないことを願いたい。

けれど、将来のことは誰もわからないのだ。だから、お礼を言っておく。

「あの、ルリさん。今日まで、ありがとうございました。毎朝の紅茶に、センスのいいドレス選び、それから、体を洗ってくれたり……櫛《くし》で梳《けず》ってくれたり」

「突然、いかがなさいましたか？」

「人喰いの森へ遠征に行くので、ひとまずお礼を言いたいなと思い」

今日もルリさんの表情はピクリとも動かない。このままお別れかと思っていたけれど、そうではなかった。

ルリさんが、仕着せのポケットから何かを取り出す。緑色の、ベルベットリボンだ。

「メロディア様、こちらを」

「私に、くれるのですか？」

「はい。メロディア様の瞳の色と同じ緑の布で、作りました」

「手作りですか！　へえ、すごいですね」

受け取ったリボンは手触りがなめらかで、作りも丁寧だ。売っているリボンと遜色ないクオリティでもある。

「こんな素敵なリボンを、私がいただいても？」

「はい。メロディア様のご無事を祈って、作らせていただきました」

「ありがとうございます」

なんだろう。ルリさんは私がどうなろうが関係ない、淡々と仕事をするまでだ、みたいな考えの持ち主だと思っていた。

こんなふうに心配して、リボンを作ってくれるなんて……。

「嬉しいです」

自分で結ぼうとしたが、上手《うま》くできなかった。最終的に、ルリさんが可愛く結んでくれた。

姿見の前に行って、リボンを結んだ姿を確認する。

「いかがでしょうか？」

丁寧に結った髪の毛に、緑のリボンが揺れた。

「とっても可愛いです！　あ、私ではなく、リボンが、です」

慌てて発言を修正すると、ルリさんは口元を押さえる。

もしかして、笑いを堪えているとか？

「ルリさん、遠征から帰って来たら、街にお茶を飲みに行きましょう。気になっているお店があるんです」

「はい」

「私と、メロディア様で、ですか？」

きょとんとしていたルリさんだったが、重ねてお誘いすると微笑みながら頷いてくれた。

今まで街に遊びに行く余裕なんてなかったけれど、これからはきっと暇も見つかるだろう。

「では、楽しみにしていますね！」

「はい、私も」

帰って来てからの楽しみが、できてしまった。

フェンリル家の大広間《サルーン》に、王立騎士団の騎士達が集まる。全部で、百名ほどいるだろうか。

ディートリヒ様は「最低、五十人は必要だが集まるだろうか」と言っていたが、それ以上の志願者が集まったのだ。

百名まで絞り、騎士隊の中でも各部隊の精鋭が集まる。今日まで、皆せっせと訓練に明け暮れていたのだ。

この『狼魔女殲滅《せんめつ》作戦』の騎士の胸には、聖なる刻印を模して作ったお守りがあしらわれている。

呪い除《よ》けであるのと同時に、団結の証《あかし》でもあるのだ。

ディートリヒ様がやって来る。白銀の鎧《よろい》をまとい、晴天のような澄んだ青のマントをはためかす。腰には剣を佩《は》いていて、その姿は伝説の聖騎士のようだ。

剣を抜き、騎士達へ言葉をかけた。

「勇気ある騎士に、感謝を。そして、千年の戦いを終わらせるため、力を貸してほしい」

騎士達は胸に手を当て、ディートリヒ様の言葉に応える。

これから、人喰いの森への遠征が始まるのだ。

ディートリヒ様は牝馬《ひんば》に跨《また》がり、先頭を行くようだ。白い騎士が白馬に跨がる様子は絵になる。

クロウはギルバート様を乗せている。一人で突っ走らず、きちんとみんなの速さに合わせて走っていた。

私は馬車に乗り込み、荷物番をする。馬車のあとに、ミリー隊長とかつての仲間達が続くようだ。

「準備はいいな？　行くぞ！」

フェンリル家の使用人や騎士団関係者の見送りを受け、出発する。

王都周辺の街道は整備されていたが、だんだんと悪路を走るようになる。

ガタゴトと音を立てて、馬車は進んでいた。

人喰いの森までは三日もかかる。だが、ミリー隊長が同行してくれたおかげで、一日目と二日目はなんの問題もなく過ごすことができた。

三日目——とうとう、人喰いの森は目前だ。今日は天候が悪く風が強かったので、早めに野営して早朝出発することとなった。長めに休んで、英気を養うことを目的としているらしい。

各自天幕を張り、明日の戦いに備える。

空が暗くなりつつあった。この調子だと、一時間半以内に沈んでしまうだろう。空を見上げていると、感傷的になってしまう。

この三日間、ディートリヒ様とはほとんど接触していない。なんだか、遠い存在のように思える。今は作戦会議のようなものをしていた。私がフェンリル騎士隊の一員ということが、まるで夢か幻かのようだ。

寂しい……という気持ちにはきゅっと蓋をする。

今はそんなことを気にしている場合ではない。私ができることを、しなければ。

「ミリー隊長、今日も何か温かい料理を作ろうと思っているのですが」

「おお、そうか。昨晩の野菜スープもおいしかった。期待している」

「はい！」

一日目は干し肉のスープ、二日目は野菜スープを作った。

三日目は母が遺してくれたレシピの中の一品、『豆のスープ』を作ることにした。

円を描くように石を並べ、簡易竈《かまど》を作り木の枝を使って火を起こす。

鍋に水を張り、ベーコンと豆、ジャガイモ、ニンジン、キャベツを入れて、塩コショウで味付けをしてじっくり煮込んだ。バゲットを切り分け、スープを装った深皿の縁に置いて配った。

「ミリー隊長、どうですか？」

「うまいな」

「よかったです」

「フェンリル家の方々にも、持って行ったほうがいい。きっと、このような温かいものは食べていないだろうから」

毎日料理人の作った料理を食べている二人に持って行くのは気が引けたが、こういうのは気持ちだと開き直ることにした。

「鍋は私が持とう。メロディア魔法兵は、バゲットを運んでくれ」

「はい、ありがとうございます」

ディートリヒ様とギルバート様の天幕はけっこう遠い。百名規模の野営となると、移動も大変だ。

作戦会議をしていたら、スープだけ置いて帰ろう。そう思っていたが、ディートリヒ様とギルバート様は一つの焚《た》き火《び》を囲み、虚《うつ》ろな目で火を見つめていた。

明らかに、元気がないというか、しょんぼりしているというか。

「ちょうどよかったな」

「え、ええ」

ミリー隊長から鍋を受け取り、二人のもとへ向かうことにした。

「ディートリヒ様、ギルバート様」

「ああ、メロディアか。疲れていないか？」

「いいえ、元気です」

「そうか」

「すまないな、今日まで、あまり話をする機会がなくて」

「いいえ。百人もの部隊を纏め、率いるのは大変だったでしょう？」

「まあ、そうだな」

「お疲れ様です」

「ありがとう」

会話が途切れ、ディートリヒ様は再び火を見つめる。ギルバート様は私を一瞥《いちべつ》すらしなかった。

何かあったわけではないのだろう。きっと、明日は狼魔女との戦いなので緊張しているのかもしれない。

「あの、夕食は食べましたか？」

「ああ。パンと干し肉を食べたぞ。ギルバートは、食欲がないようで、何も食べていないが」

ギルバート様は問題外だし、ディートリヒ様もそれだけでは、栄養が偏るだろう。ちょうどよかった。

「私、スープを作ったのです」

ここに来るまでに冷えてしまったので、焚き火でスープを温める。

煮詰まったスープは、ジャガイモが入っていたからかトロトロになっていた。

温まったら、深皿に注ぐ。バゲットを添えるのも忘れない。

まずは、夕食を食べていないというギルバート様に差し出した。

「……食欲がないのですが」

渋々、といった感じで受け取ってくれた。続いて、ディートリヒ様にも差し出す。

「メロディアの手料理か」

「料理は初心者ですが、母のレシピどおりに忠実に作ったので、おいしいですよ」

「ありがとう」

ディートリヒ様は素直に食べてくれた。

「これは、うまいぞ！　おい、ギルバート、お前も早く食べるのだ」

「いや、兄上はメロディアさんが作ったものならば、なんでもおいしいのでしょう？」

「そうではない。メロディアが作ったことを差し引いても、おいしいのだ！　私を信じろ」

ディートリヒ様の訴えを聞く形で、ギルバート様もスープを食べ始める。

けだるげな様子で匙《さじ》を運んでいたが、パクリと食べた瞬間、目をカッと見開く。

「こ、これは……本当においしいです！」

その発言のあと、ギルバート様はどんどんスープを飲む。添えていたパンも、食べてくれた。

「不思議なスープだ」

「母のとっておきのスープなんです」

父が疲れている時や、私の元気がない時などに、決まって作ってくれた。栄養と、母の愛情たっぷりの特製スープなのだ。

「それに、外で食べる料理は、いつもよりおいしく感じるのですよ」

「ふむ。そうなのだな」

加えて、寒空の下なので、温かいスープは身に染みるのだ。

ディートリヒ様とギルバート様は、鍋の中のスープをすべて飲んでくれた。

虚ろだった目には光が宿り、顔色もよくなった気がする。緊張も解《ほぐ》れたのだろう。

ホッとしたところで、太陽が沈み切ったことに気づく。

「あ――！」

いつもの、狼化の発作だ。

「メロディアさん!?」

「狼化の前兆だ。私の天幕で休ませる。ギルバートはトール隊長にメロディアを預かることを伝えてきてくれ」

「わかりました」

ディートリヒ様は私を抱き上げ、天幕の中へと連れて行ってくれた。

ここで意識が途切れる。

「――うっ」

「メロディア、目覚めたか？」

ディートリヒ様が私を覗き込む。「はい」と返事をしようとしたが、「わうわう」という鳴き声しか発することができなかった。

いつもの通り、気を失っている間に狼化したようだ。

周囲を見渡すと、私達が使っているものよりも上等な天幕であることに気づく。

地面から天井まで伸びた骨組みが重なり、円形になっている。これはきっと、遊牧民が使っているような、簡易的な家屋なのだろう。

ふかふかの絨毯《じゆうたん》の上に布団と毛布が敷かれている。一見して、家で過ごすのと変わらないような贅沢な環境だった。

「今日は、私の天幕で休むように。トール隊長には報告してある」

「わう」

私の隣に座るディートリヒ様の手元には、書類の束と羽ペンがあった。フェンリル家から離れても、やらなければならない執務があるのだろう。

「すまないな、メロディア。今日は、ボール遊びができなくて」

決して、ボール遊びがしたいわけではない。こういう時、喋ることができないのがもどかしい。

ディートリヒ様の腿《もも》に顎を乗せて、抗議する。

「メロディアは温かいな。よかった、今宵《こよい》、一緒に過ごすことに決めて」

どうやらディートリヒ様は、私で暖を取るつもりらしい。たしかに今日は肌寒い。

ディートリヒ様なんて、狼の体温でぬくぬくになればいい。

「もう、休もうか。明日は、早い」

魔石灯の灯《あか》りを絞ると、真っ暗になる。私の横に、ディートリヒ様は寝転んだ。

「んん?」

「布団は一つしかないのだ。だから、こうして身を寄せあって、眠るしかないだろう」

そう言って私の頭に触れたディートリヒ様の手は、冷え切っていた。温めてあげなければ。そう思い、そっと身を寄せる。

ディートリヒ様は私を腕に抱き、すうすうと穏やかな寝息を立てていた。

「う……ん」

夜明けだろうか。朝の気配を感じて、目が覚める。まだ暗いけれど、夜と朝の狭間《はざま》の空気が感じられた。

「メロディア、まだ、眠っておけ。あと、三十分は眠れる」

「さんじゅっぷん……」

ディートリヒ様は、優しく毛布をかけてくれた。手のひらの温もりが、心地いい。

「だったら、あと、少しだけ……」

そう呟いたあと、再びまどろみかけたが――ディートリヒ様が私の素肌に触れる違和感に気づく。

「あっ、ひゃあ！　ち、ちょっと、ディートリヒ様、そこは触ったら、ダメなところです」

「ん？」

「ん、じゃないですよ！」

昨晩は何とも思わずに眠ってしまったが、朝、人の姿に戻ることをすっかり忘れていた。

ディートリヒ様をべりっと引き剝がし、頭から毛布を被《かぶ》せておく。

「うう、メロディア、何をするのだ」

「そこで大人しくしていてください。動いたら、ダメですよ」

「なぜだ？」

「私が、裸だからです！」

私がディートリヒ様の天幕で一夜を過ごしたことも、他の騎士に気づかれてはいけない。一刻も早く着替えなければ。

どうやら昨日、ミリー隊長が衣服を届けてくれたらしい。私は眠っていて、気づかなかったようだが。

素早く下着を身に着け、シャツに腕を通しスカートを穿《は》く。ジャケットを着こんで、マントを体に巻き付けた。髪型も整える。手櫛《てぐし》で髪を梳《と》かし、三つ編みにして胸の前に流しておく。毛先にルリさんからもらったリボンを結んだ。最後にストッキングを穿き、長靴《ブーツ》の履口に足先を突っ込む。

靴紐《くつひも》をしっかり結べば、外見は問題ないだろう。

「メロディア、もう、いいか？」

「え、ええ」

ディートリヒ様が手を差し伸べてきたが、胸に飛び込んだら制服に皺が寄ってしまうだろう。

どうしようかと考えていたら、タイミングよくミリー隊長が迎えに来てくれた。

「メロディア魔法兵、いるか？」

「あ、はい！」

上着の皺を叩《たた》いて伸ばしながら、天幕を出た。中から「メロディア、待ってくれ！」とディートリヒ様の叫びが聞こえたような気がしたが、聞かなかったことにする。

ミリー隊長に早く戻るように言われ、早朝から走ることとなった。


四日目――移動すること二時間。鬱蒼とした森に到着する。

森の中心辺りに見える古城が、狼魔女の本拠地なのだ。

ついに、フェンリル家が長年避けていた因縁の土地に辿《たど》り着いた。士気が高揚し、自然と肩や手先が震えてしまう。

ここから私とミリー隊長率いる第十七警邏隊は、ディートリヒ様が率いる前線部隊に加わる。狼魔女との戦いで重要なのは、ルー・ガルーである私の光魔法なのだ。

ミリー隊長と同じ馬に跨がり、人喰いの森を進んでいく。

クロウはディートリヒ様の跨がる牝馬にいいところを見せようと、張り切っていた。

ほどほどにね、と声をかけておく。

森の中は、高い木々が複雑に重なりあっていて、木洩《こも》れ日《び》すら差し込んでこない。

湿り気を帯びていて、沼も多い。途中から馬を置いて、先に進むこととなった。

狼魔女は私達が来ることを予期していたのか、狼が次々と襲いかかってくる。

狼にはわかりやすい弱点があった。それは、光。

閃光《せんこう》魔法で強く照らすと、狼は怯《ひる》む。その隙に、退治してしまうのだ。

呪いを持つ灰色の狼には、魔石灯に入れる光魔法が付与された魔石を投げ込む。すると、動きを止めることができるのだ。

三時間ほど歩くと、古城へ辿り着く。城は枯れた蔦《つた》に覆われていて、不気味な雰囲気だ。狼の遠《とお》吠《ぼ》えも、どこからともなく聞こえてくる。

周囲は堅牢《けんろう》な城壁に囲まれていて、見張り用の尖塔《せんとう》も突き出している。きっと、私達の動きを、すべて監視しているのだろう。

城壁の扉は閉ざされていた。これは想定済みで、十名ほどで運んできた丸太をぶつけて強引に開かせる。十回ほど打つと、城壁の扉が壊れた。

ついに、狼魔女の本拠地へ足を踏み入れる時がきた。ディートリヒ様は不安をおくびにも出さず、果敢に進んでいく。

城に繋《つな》がる広い中庭は、枯れた薔薇や朽ちた木々があるばかり。人が住んでいるという気配はまったくない。

ここにも狼がいた。森よりも数が増えている。騎士達が応戦し、ディートリヒ様とギルバート様は狼魔女との戦いに備える。

城への出入り口も、城壁の扉と同じように閉ざされていた。これも、丸太をぶつけて破った。

舞踏会を開けそうなほどの規模の玄関広場《エントランスホール》には、なんと水晶でできた豪奢《ごうしゃ》なシャンデリアが吊《つ》り下がっていた。しかし――何やらぐらぐらと揺れているような気がする。

「あ、危ない!!」

ミリー隊長が叫ぶのと同時に、シャンデリアが落下する。ディートリヒ様は寸前で回避し、マントで水晶の欠片《かけら》から身を守っていた。ギルバート様や他の騎士達も同様である。

「皆、怪我はないか？」

ディートリヒ様が確認の声をかける。誰も下敷きにはなっていないし、怪我人もいなかったようだ。

「トール隊長、感謝する。よくぞ、気づいてくれた」

「いや、メロディア魔法兵がシャンデリアを見ており、つられて見ていたら怪しい動きをしていたので」

「そうだったのか。メロディア、感謝するぞ」

「あ、いえ」

単に、「豪華なシャンデリアだな～」と思っていただけだが、堂々と余所見《よそみ》をしていましたと告げるようなものなので黙っておく。

それにしても、なんて卑劣な罠《わな》を仕掛けているのか。

「過去のフェンリル家の騎士は、これらの罠にハマっていたのだろうな」

「ええ」

ただの城ではないことが明らかとなる。気を引き締めて、先へと進まなければならない。

そのあとも、床を踏んだら毒矢が飛んできたり、落とし穴があったり、上から槍《やり》が降ってきたり。さまざまな仕掛けが発動した。

事前に気づいたり、奇跡的な運動神経で回避したり。幸運が重なっているのか、怪我人は出なかった。

狼も、毎度おなじみの黒狼、呪いの狼の他に、火を噴く狼、毒の唾液を滴らせる狼と、さまざまな種類がいる。

騎士達は連携を見せ、狼を退治していった。だが、狼は途切れることなく現れる。

百名の騎士を配置し、どんどん上へ上へと上がっていった。

共に進むのは、ディートリヒ様とギルバート様、それからミリー隊長率いる第十七警邏隊の騎士が五名ほどである。

二階、三階と攻略し、四階に上がると、そこは大広間だった。宴会や舞踏会が催される、城の中でもっとも広い部屋である。屋根部分まで吹き抜けの空間となっており、壁や天井には厳かな宗教画が描かれている。

たくさんの狼が明るい森の中を駆け、それを翼が生えた女性達が温かく見守るという絵である。

これらは、何を意味しているのか。

ディートリヒ様が一歩大広間へ入ると、大きな魔法陣が浮かび上がった。

「――！」

魔法陣の中から現れたのは、三つの頭部を持つ狼。

「あれは、三頭狼《ケルベロス》だ」

狼魔女の手札の中でも、最上位の力を持つ悪しき存在。見上げるほどに大きく、目は赤く光り、だらりと垂れた舌からは、毒の唾液を垂らしている。針山のような毛並みをしていて、尾は大蛇だ。

ディートリヒ様はすぐに指示を出す。

「私が正面から引き付ける。ギルバートと他の騎士は、背後の蛇を倒せ」

「はっ！」

戦闘が始まった。三つの頭には、それぞれ属性があるらしい。氷属性の狼は口から尖《とが》った氷を吐き出し、火属性の狼は口から火を噴く。雷属性の狼が吠えると、落雷した。

ディートリヒ様は三頭狼の攻撃を避け、隙あらば鼻先を斬りつけていた。

「ギャウン！」

剣での攻撃は、しっかり効いているようだ。

私は出入り口に光の結界を張り、狼が入って来られないように細工を施しておく。

以前の失敗を繰り返さないように、対策はバッチリ整えさせてもらう。

尻尾の大蛇が斬り落とされると、三頭狼は弱体化した。

その隙を狙い、ディートリヒ様は三頭狼に酒瓶を何本か投げつけた。ダメージは少ないように見えたが、火属性の狼が火を噴くと、自身の毛に火が燃え移る。

あっという間に炎は広がり、三頭狼は炎上し始める。

「ギャアウウウ!!」

最後に、断末魔の叫びを上げて三頭狼は息絶えた。

門番との戦いは、実にあっけないものだった。

大広間の先にある部屋が、最終決戦の場所なのか。ディートリヒ様は扉を蹴破って開かせた。

「――！」

そこは、寝室のようになっている。

カーテンが閉ざされた、薄暗い部屋だ。すぐそこに、天幕付きの寝台があるばかりだ。

よくよく見ると、寝台に誰かが横たわっていた。

ディートリヒ様は、一歩、一歩と慎重な足取りで近づいていった。

寝台に横たわっている人物を覗き込み、ディートリヒ様はポツリと呟いた。

「メロディア？」

「はい？」

ディートリヒ様は私を振り返り、ぎょっとした表情を見せる。そして、ありえない言葉を呟いた。

「狼……魔女！」

ディートリヒ様はすらりと剣を抜き、私のほうへ向かってくる。

「え、ちょっ、待っ！」

もしかして、寝台に眠る狼魔女が私に見えて、私が狼魔女に見える幻術にかかってしまったのか。

「メロディアさん、下がって！」

「あ、ひゃい！」

ギルバート様とミリー隊長が、ディートリヒ様の剣を受け止める。

しかし、実力差があるのか、二人のほうが圧《お》されていた。他の騎士達も加勢するが、瞬く間に圧倒される。

私は幻術を解く魔法をかけた。しかし、ディートリヒ様は正気に戻らない。

いったい、どうしたというのか。

なぜ、ディートリヒ様だけが、おかしくなってしまったのか。

謎を解くべく、私は寝台のほうへと駆けて行った。

しかし、ディートリヒ様がそれを妨害しようと、迫ってくる。

「ひい！」

戦闘モードのディートリヒ様の恐ろしさたるや。だが、怖がっている場合ではなかった。私はお腹《なか》の底から叫ぶ。

「ディートリヒ様、待て!!」

フルモッフ時代の名残か、ディートリヒ様は私の「待て」に反応した。その場でピタリと止まって、動かなくなる。その隙に、ギルバート様が背後からディートリヒ様を羽交い締めにする。ミリー隊長は前に回り込んで、剣を叩き落としていた。

その間に、私は寝台へ辿り着くことができた。

狼魔女は怖い。けれど、今は恐怖に慄《おのの》いている場合ではないのだ。

寝台にかかった天幕を引きちぎり、寝台に眠る狼魔女を覗き込む。

「あなたは、いったい誰なの!?」

布団を剥いだ瞬間、ヒッと息を呑《の》んだ。

横たわっていたのは、寝間着を纏った白骨体だったから。

この白骨体が、ディートリヒ様には私の姿に見えていたようだ。こんなバカな話があるのか。

ゾッとしてしまう。

それにしても、横たわる狼魔女はまったく反応を示さない。

狼魔女は、すでに死んでいる？

だったらなぜ、ディートリヒ様は私と狼魔女を見間違えたのか。

「もしかして、呪い、なの？」

千年もの間、フェンリル家を苦しめた呪い。それは、心から愛する存在が狼魔女に見えてしまうものだった？

だとしたら、その呪いを断ち切れるわけがない。

フェンリル家の者達はずっと狼魔女と思い込んで、愛する存在を手にかけてきたというのか。

それが、狼魔女の呪いだったのだろう。

愛する人と結ばれることがなかった狼魔女は、自らの命と引き換えにフェンリル家を呪った。

その結果、彼女は千年もの間、フェンリル家の人達に愛されてきたのだ。

「もう、終わりにしましょう。こんなことを繰り返すのは、悲しすぎる」

私は、引き継いだ光魔法の呪文を唱えようとしたが――急に白骨体の狼魔女が動き始めた。カタカタと歯を動かし、朽ちた体とは思えない素早さで私の首を絞めた。

「あ……ぐうっ……！」

狼魔女は白骨体となっても生きていたのだ。きっと、恨みを原動力にしていたに違いない。

「もう……こんなに、不毛なことは……やめ……」

「メロディア！」

叫ぶ声は、ディートリヒ様のものだった。どうやら、先ほどの「待て！」で正気を取り戻したらしい。

「この、メロディアから、手を離せ！」

ディートリヒ様は剣を横に薙《な》ぎ、狼魔女の腕を斬り落とした。首を絞めていた手は、力なく落ちていった。

そして、ディートリヒ様は寝台ごと狼魔女の心臓に剣を突き立てる。

「――、――、――！」

狼魔女は断末魔の叫びを上げていた。声帯がないので声は出なかったが、彼女の嘆きは確かに聞こえた。

「はあ、はあ、はあ！」

呼吸困難で、くらくらしていたが、まだ倒れるわけにはいかない。

ディートリヒ様が腰を支えてくれた。

「メロディア、狼魔女に、光を」

「はい」

震える手で杖《つえ》を構えていたら、ディートリヒ様も一緒に握ってくれた。

光魔法の呪文を唱える。

千年の因縁を今、断ち切るのだ。

「——光よ、瞬け《エス・ブランドル》！」

暗い部屋は光に包まれる。すべての悪い感情を消し去ってしまうような、強く清浄な光だった。

光が収まると、寝台の上には灰となった狼魔女の亡骸《なきがら》だけが残っていた。

「はあ、はあ、はあ……！」

膝の力が抜け、かくんとその場に倒れそうになる。

「メロディア！」

ディートリヒ様が、体を支えてくれた。

「終わった、のでしょうか？」

「ああ、終わった」

狼魔女は滅んだ。正確には、呪いが解けたと言えばいいのか。

「よかっ——」

急に、目の前が真っ暗になる。

こうして、私達の最後の戦いは幕を下ろしたのだった。

◇◇◇

光魔法の発動後、私は気を失ってしまったようだ。ミリー隊長曰《いわ》く、ディートリヒ様が愛《いと》おしそうに運んでくれたらしい。それを大勢の騎士に見られてしまったのだ。

もう、王立騎士団には戻れないと思った瞬間である。

その後、狼魔女は灰の一粒も残さず、蒸発するように消えてなくなったそうだ。

古城は封印され、誰も立ち入ることができないようにしたらしい。

狼魔女の呪いは恐ろしいものだった。

自身をフェンリル家の愛する人の姿に変え、逆に愛する人が狼魔女に見える呪いをかけていたなんて。

愛する人を手に掛けたフェンリル家の者達は、全員自害してしまったようだ。

なんとも悲しい結末である。

ディートリヒ様の弟であるギルバート様が呪いにかからなかったのは、愛する存在がいないからだった。そのおかげで、戦力面においては大変助かった。フェンリル家の兄弟が二人揃って襲いかかってきたら、対抗できなかっただろう。

勝利の鍵は、ギルバート様が握っていたのだ。

狼魔女は滅んだが、フェンリル騎士隊第一騎兵部は存続することが決まったようだ。

王立騎士団で対処できない事件を、継続して引き受けるとのこと。

ディートリヒ様率いる第一騎兵部は、ほどよく忙しい日々を過ごしている。

私はディートリヒ様を支えるばかりだ。

◇◇◇

ある日の休日、ディートリヒ様に呼び出された。

何やら緊張の面持ちでいる。

「ディートリヒ様、どうかなさったのですか？」

「うむ。まず、座ってくれ」

そう言って、ディートリヒ様は自身の膝をポンポン叩く。座ってくれと勧める位置がおかしい。

私はディートリヒ様の向かいに座った。すると、ショックを受けたような表情をする。

「メロディア、なぜ、私の膝に座らない」

「膝を勧められて、では失礼しますねと座る人はいないと思いますが」

再び、ディートリヒ様はショックを受けた表情を浮かべていた。しかし、すぐに真顔に戻る。ゴホンと咳払いをしたあと、本日二回目のとんでもない発言をしてくれた。

「では、フェンリル騎士隊の隊長として命じる。メロディア・ノノワール、私の膝に座れ」

そうきたか。しかし、その命令は拒否した。

「今は勤務時間外ですので、命令は聞けません」

「そうだった！」

ディートリヒ様は頭を抱えて悔しがる。

「むう、どうしたらメロディアは私の膝に座ってくれるのだ！」

「あの、勤務時間内でも、座りませんからね」

「なぜだ！」

「恥ずかしいので」

今度は、しょんぼりしてしまう。何度も言っているが、ディートリヒ様のしょんぼりに私は弱い。

「メロディア……お願いだから、私の膝に座ってくれ。内緒話がしたいんだ」

下手《したて》に出られると、さらに弱くなる。少しくらいならば、座ってあげてもいいだろう。私は立ち上がって、ディートリヒ様に声をかける。

「私、重たいですよ？」

「大丈夫だ」

私の体重が重たいのを否定しないディートリヒ様が面白すぎる。

恐る恐る座ったが、ディートリヒ様の膝は安定感があった。

「メロディアの尻は、柔らかいな」

「その感想はいりません」

「すまない……本心が口から出てしまった」

「お願いですので、頭の中で考えるだけ、ということを覚えてください」

ディートリヒ様は本当に、素直な人だ。こんな人を、他に知らない。

「こうして、ゆっくり話をするのは、久しぶりだな」

「だってディートリヒ様、一時期私を避けていましたよね？」

「そ、それは……私は、メロディアに剣を向けてしまった」

「けれど、待てと言ったら、待ってくれましたし」

「いつもいつでも、メロディアが待てと言ったら、絶対に待つよう心に決めていた」

ディートリヒ様は、呪いに打ち勝つ精神力を持っていたのだ。

「しかし、剣を向けたことは消えやしない。あの時は、本当にすまなかった。もう、メロディアと共に過ごす資格など、ないのだと思っていた」

「ディートリヒ様……」

「しかし、私の人生に、メロディアは欠かせないことに改めて気づいた」

ディートリヒ様は私を抱きよせ、耳元でそっと囁いた。

「愛している」

熱烈な愛の言葉を聞き、胸がぎゅっと摑まれたようになる。

「私はもう、フルモッフの姿になれないが、結婚してくれないだろうか?」

求婚の言葉に、思わず笑ってしまった。

「ディートリヒ様、なんでフルモッフを出すのですか?」

「メロディアは、フルモッフの私のほうが、好きなのだと思って」

「そんなことはないですよ。フルモッフでなくても、ディートリヒ様のことはお慕いしておりますので」

「え?」

ディートリヒ様がきょとんとして、私を見つめる。

私も、腹をくくったのだ。

ディートリヒ様のために、貴族の女性としての勉強や訓練など、徹底的に頑張ってやると。

「今、メロディア、なんと、言った？」

「ディートリヒ様を、お慕いしておりますと、言ったのですよ」

「いや、まさか、メロディアが私を好いているなど、思っていなかったから」

「あの、好きでもない相手の膝になんか、座らないですからね」

「私が駄々をこねたので、仕方なく座ったのだと」

「ありえないです」

「そ、そうか。よかった。本当に、よかった」

ディートリヒ様は私の胸に顔を寄せ、深い深い息を吐いている。

まさか、私の好意が伝わっていなかったとは。フルモッフの正体がディートリヒ様だったということ以上に驚いてしまう。

「ディートリヒ様のほうこそ、私でいいのですか？　夜、狼になりますし、平民育ちですし」

「メロディアがいい。メロディアしか、いないのだ」

「ディートリヒ様……」

ディートリヒ様を抱きしめ、そっと囁く。

「ふつつかものですが、どうぞよろしくお願いいたします」

「メロディア！」

泣きそうになりながらも、嬉しそうな表情を浮かべるディートリヒ様の額に、そっとキスをした。

すると、お返しに頰に唇が寄せられる。

「メロディアは、肌がすべすべだな。食べてしまいたい」

「だから、そういうのは、言わなくてもいいんです！」

もうダメだ。笑ってしまう。

ディートリヒ様と話をしていると、心の中が温かいもので満たされていく。

私は、本当に幸せ者だ。

◇◇◇

それから、一年半後に私達は結婚した。

私は平民なので、貴族の家に養子に入ったり、礼儀を習ったりするのに時間がかかってしまったのだ。

ディートリヒ様はヤキモキしていたようだけれど、私は少しずつ家族ができることの喜びを嚙《か》みしめていた。

長年、狼魔女の呪いに苦しめられたフェンリル家だったが、今はみんな楽しく暮らしている。

物語は、めでたしめでたしで幕を閉じるのだった。

番外編

婚前挨拶 ～お父さん(？)、メロディアさんを私にください～

ディートリヒ様は今までにないくらい緊張した面持ちで、ミリー隊長の前に腰掛けていた。

対するミリー隊長も、強《こわ》ばった表情を浮かべている。

場の空気は、重い。なぜこのような事態になったのかと、私は明後日《あさって》のほうを見上げながら思った。

ミリー隊長に会いたいと言いだしたのは、ディートリヒ様だ。私がお世話になった人なので、ご挨拶をしたいと。

ミリー隊長が訪問すると言ったのに、なぜかミリー隊長の家に行きたいと言い出したのだ。さすがに迷惑かと思ったが、ミリー隊長は「人を招くような家ではないが、それでもいいのならば」と、優しい言葉を返してくれた。

テーブルの上に置かれたお菓子も、ディートリヒ様が用意した物だ。

その入手経路は、驚くべきものであった。王都で人気のお菓子を買うために、ディートリヒ様は寒空の下三時間も並んだそうだ。てっきり王城からの呼び出しがあったのだと思っていたが、そんな地味な活動をしていたなんて。

ギルバート様も、眉間の皺《しわ》を揉《も》みながら、「頼みますから、そういうことは私に命じてください。兄上みたいな、高貴な人がなさる行為ではありません」と苦言を漏らしていた。

いやいや、あなたも十分高貴なお方ですよと、心の中で突っ込んだのは言うまでもない。

話を戻す。

ディートリヒ様はどうして、そこまでしてミリー隊長のもとへやってきたのか。挨拶をするのならば、ここまで緊張しないだろう。

早く言わないと、ミリー隊長が気の毒だった。

「あの、ディートリヒ様、本題へ移りましょう」

「う、うむ。そうだな」

ディートリヒ様を急《せ》かすと、思いがけない行動に出た。

額がテーブルにつきそうなくらい、深々と頭を下げたのである。それを見たミリー隊長は、全力で戦《おのの》いていた。魔物の大群を目にしても、取り乱さなかったミリー隊長が、明らかに動揺を見せている。

ディートリヒ様は頭を下げた状態で、叫んだ。

「トール隊長、どうか、娘さんを、私にくれっ!!」

「フェンリル公、な、何を!?」

「私とメロディアの結婚を、認めてほしい!!」

開いた口が塞がらないというのは、今のような状況を言うのだろう。

「な、なぜ、私に許可を?」

「話を聞いていたら、隊長殿はメロディアの保護者のような存在であると思った。だからこうして、結婚の許可をもらいにきた」

ディートリヒ様はただただ真剣に、ミリー隊長に頭を下げ続けていた。今までにないくらい、ミリー隊長は困惑の感情を瞳に滲《にじ》ませていた。気の毒なので、もうやめてくれと言いたくなる。

彼に対して、この場で突っ込めるのは私しかいない。ミリー隊長を助けるために、私はディートリヒ様の奇行を止める。

「ディートリヒ様、ミリー隊長は私のお父さんではありません！　何を、なさっているのですか！」

上体をもとに戻したディートリヒ様は、しょんぼりした様子で私を見る。そして、奇行に至った理由を口にした。

「メロディアとの結婚を、誰かに許してもらいたかったのだ」

「ディートリヒ様……」

私に両親はいない。許可など取らなくても、結婚できる。けれど、結婚前に両親の許可を得るのと同じように、私との結婚を誰かに許してもらいたかったのかもしれない。

ディートリヒ様の気持ちを、理解したのだろう。ミリー隊長も、突然頭を下げる。

「こちらのほうこそ、メロディア魔法兵を、どうぞよろしくお願いいたします」

ミリー隊長はすぐに顔を上げて、にっこり微笑《ほほえ》む。優しい笑顔に、胸がぎゅっと締め付けられた。

「メロディア魔法兵は、真面目で、努力家で、きつい任務にも弱音を吐かずについてきてくれました。頑張り過ぎるところがあるので、無理しないよう、見てあげてください」

「ミリー隊長……」

温かい言葉に、感極まる。私が騎士を続けてこられたのは、ミリー隊長が上司だったからだろう。本当に、感謝してもし尽くせない。

「トール隊長、メロディアのことは、私が、必ず守ります」

「それを聞いて、安心して、送り出せます。どうか、お幸せに」

私を大事に想《おも》ってくれる人達《たち》がいる。こんなに嬉《うれ》しいことはないだろう。涙が、ポロポロと零《こぼ》れてしまった。

「メロディア、どうしたというのだ？」

「す、すみません。なんだか、感激して」

ルリさんが持たせてくれた、高級そうな絹のハンカチで涙を拭く。吸水力抜群だった。

結婚についてのやりとりは最初の十五分だけだった。気まずい中、ディートリヒ様が買ってきてくださったお菓子を食べ、ミリー隊長が淹《い》れ直してくれたお茶を飲む。

何か話題を探していたら、ディートリヒ様が王立騎士団時代の私について知りたいと言い出した。

「メロディア魔法兵についてか。いろいろあったな」

ミリー隊長は遠い目をしながら、語り始めた。

なんでも、入隊当初の私はあまりにも頼りなくて、親鶏《おやどり》とはぐれたヒヨコみたいに見えたそうだ。瞬時に、ミリー隊長は親鶏みたいな気持ちになり、心配でたまらなかったという。

「そういう意味では、私はメロディア魔法兵の親的な存在だったのかもしれない」

なんだか恥ずかしくなってしまう。ディートリヒ様は隣でうんうんと頷《うなず》きながら、「やはり、トール隊長はメロディアの家族だったのだ」と呟《つぶや》いていた。

「とにかく大変だったのは、男共をメロディア魔法兵から遠ざけることだった」

「な、なんですか、それ？」

「メロディア魔法兵を紹介してくれと、余所《よそ》の隊の騎士からひっきりなしに声がかかっていたのだ」

「し、知らなかったです」

そういえば、ディートリヒ様も以前そんな話をしていたような。ディートリヒ様以外に、私に興味のある人がいたなんて、びっくりだ。

「トール隊長、心から、感謝する」

「いや、いい。手塩にかけて育てたメロディア魔法兵を、チャラチャラした騎士に渡すわけにはいかないと、必死になって守っていた。これも、親心だったのだろう」

ディートリヒ様はミリー隊長に握手を求めていた。なんだか、二人の距離感が縮まったような気がする。私との付き合いを通して、お互いに親近感が生まれたのか。不思議な光景である。

「やはり、私の見立てに間違いはなかった。トール隊長は、メロディアの父であり、母であり、兄であり、姉でもあるのだ」

「たしかに、ミリー隊長は一人で何役もこなしていたような気がします」

こんなにすばらしい人は、めったにいないだろう。心から、感謝しなければ。

そんなわけで、ミリー隊長への挨拶は終わった。

ミリー隊長に「トール隊長、どうか、娘さんを、私にくれっ!!」と言いだしたときはどうしようかと思った。けれどそれは、私を大切に思ってくれるディートリヒ様の優しい心遣いだったのだ。

「また、遊びに来てください」

「ああ。時間を作って、必ず来よう。ぜひとも我が家にも遊びにきてほしい。メロディアが、喜ぶ。トール隊長は、メロディアの家族だからな」

ミリー隊長は笑顔で頷いてくれた。

私の父であり、母であり、兄であり、姉でもあるミリー隊長に手を振って、別れた。

次は、いつ会えるだろうか。

帰りの馬車でそんなことを呟いていたら、ディートリヒ様が助言してくれる。

「家族なのだから、会いたいときに会いにいけばいい。そういうものだろう?」

「ええ、そうですね」

ディートリヒ様の言葉に、胸を熱くする。

私に家族ができた日の、話であった。

番外編

メロディアは恋を応援したい！

私は今、ルリさんとお茶をしに喫茶店にやってきている。妙に緊張しているのは、いつもは地味なドレスにエプロン姿のルリさんが、美しく着飾った姿で現れたからだろう。

なんだか、ドギマギしてしまう。

「楽しいですか？」

「へ？　な、何がですか？」

「私と、こうしてお茶を飲むのは」

「あ、ああ。そういう意味ですか！　た、楽しいです！」

これまで、友達という存在がいなかったように思える。騎士隊の同僚は別々の部隊に配属されてしまったし、王立騎士団時代はミリー隊長以外全員男性だった。

「なんていうか、王立騎士団時代は周囲と上手《うま》く打ち解けられなくて、親しい人がいなかったのです」

男性の騎士と仲良くしている女性騎士もいたが、たいてい男性顔負けに戦う剛の者だったように思える。私みたいなヒョロヒョロの騎士は、相手にしてもらえなかったのだ。

「だから、こうして同年代の女性とお茶に行くのは初めてで、なんだか、ワクワクドキドキしています」

「相手が、私でも、ですか？」

「はい！　ルリさんと一緒で、嬉《うれ》しいです」

「そう、ですか。メロディア様は、変わった方ですね」

「たまに言われます」

素直に認めたら、なんとルリさんが目を細める。なんて可憐《かれん》な微笑《ほほえ》みなのか。普段無表情なので、余計に可愛《かわい》く見えてしまった。

こうして見ると、私と同じ年頃なんだな、と思ってしまう。

「ルリさんの実家は、子爵家、でしたっけ？」

「ええ。七人姉妹の末っ子です」

「な、七人！」

ひとりっ子なので、姉妹がいるという状況がどんなものか、想像もできない。

「いいものではないですよ。ドレスはお下がりですし、夜会の招待状は届かないし」

「そ、そうなのですね」

なんでも、結婚相手探しも、末っ子となればなおざりになっていたのだという。

「私の結婚相手の候補は、父親ほども歳の離れた伯爵でした」

「後妻、ということですか？」

ルリさんは心底うんざりしたような表情で、頷《うなず》いた。

「父は、どの姉よりも恵まれた結婚だ、なんて言っていましたが、四人目の妻で、しかも前妻達《たち》は全員行方不明になっていましたからね」

「ひ、ひえええ……！」

貴族の結婚は、父親が決める。そのため、ルリさん自身に拒否権はなかったようだ。

「ど、どんなお方だったのですか？」

「トカゲとヘビとカエルと豚を、足して四で割ったような男でした」

「さ、さようで……」

四回目の結婚だったので、結婚式は行わなかったらしい。神父に婚姻届を提出するだけの、簡単な儀式であったと。

「迎えた初夜に、事件が起きました」

「じ、事件!?」

ルリさんがここにいるということは、伯爵夫人にならなかったということである。いったい何があったのか。固唾を呑《の》んで続きに耳を傾けた。

「伯爵が私に馬乗りになり、ナイフを振り上げて、そのまま勢いよく振り下ろしてきたのです」

「ええ〜〜！」

咄嗟《とっさ》にルリさんは避け、ナイフは枕に突き刺さった。

すぐさま伯爵は枕からナイフを引き抜く。羽毛が、雪のようにはらはら舞っていたという。

「二回目は、外さないように、ナイフを両手で持って、私の心臓目がけて振り下ろそうとしました」

けれど、ナイフは突然宙を舞い、伯爵は寝台に倒れる。

「た、助けが、来たのですか？」

「ええ」

ルリさんを助けたのは、ギルバート様だったらしい。窓の外から、麻酔銃を撃ったようだ。

「伯爵は、年若い女性を集めて、血肉を売買していたようです。私も、危うく犠牲になるところでした」

「なんて恐ろしいことを……！」

伯爵の犯行も、狼《おおかみ》魔女の仕業としてフェンリル騎士隊が調査していたのだろう。間に合って、本当によかった。

「私と伯爵の結婚は、フェンリル公爵家の働きかけで、なかったことになりました」

しかし、実家に戻ったルリさんを迎えたご両親は、とんでもない言葉をかけた。

「もう、結婚の面倒は見られないから、自分で結婚相手を探せ、と」

家に残るのは許さない。そう、宣言されてしまったようだ。

「そのあとに参加した夜会は、地獄のようでした」

伯爵の事件に巻き込まれただけなのに、忌まわしいものを見るような不躾《ぶしつけ》な視線にさらされてしまったらしい。なんて酷《ひど》い話なのか。

「もう、修道院しか行く当てはない。そう考えて、会場をあとにしようとしたそのとき、ギルバート様がやってきて、フェンリル家の屋敷で働かないかと声をかけてくださったのです」

「ギルバート様が……！　そう、だったのですね」

危機から助けてくれた上に、夜会のタイミングで屋敷の仕事に誘ってくれたギルバート様はカッコよすぎる。話を聞いただけで、キャーキャー言ってしまいそうだ。

「働き始めてからも、ギルバート様は私を気にかけてくれまして、なんて、親切な方なのだろうと」

ギルバート様について語るルリさんの表情は、いつもより柔らかい。これはひょっとすると……などと考えてしまったが、余計なお世話だろう。

「メロディア様、あなたのおかげですよ」

「え？」

「私が、フェンリル公爵家で働けるのは。メロディア様を迎えるから、急遽《きゅうきょ》侍女が必要だったのです」

「ああ、そうだったのですね。ルリさんを連れてきてくれた、ギルバート様に感謝をしなければなりません」

そんな言葉を返すと、ルリさんは一瞬泣きそうな表情になった。

「す、すみません。私、また、変なことを言いましたか？」

「いいえ。そのように、おっしゃっていただけるのは、とても、ありがたいことだな、と。必要としていただけて、嬉しいです」

勇気を出して、ルリさんをお茶に誘ってよかった。心がほっこりと、温かくなる。

「一つ、ルリさんにお願いがあるのですが」

「なんでしょう?」

「私と、お友達になってもらえませんか?」

「私が、メロディア様のお友達、ですか」

「はい」

今日みたいにお茶を飲んだり、お喋《しゃべ》りしたり、たまにお出かけして買い物をしたりと、楽しいお付き合いをしたい。そう告げると、キョトンとした目で見つめられる。

「私と友達になっても、楽しくないと思うのですが」

「いいえ、絶対楽しいです」

「メロディア様、あなたは本当に、変わった方ですね」

ルリさんのその言葉を、お友達申請を受け入れたものとする。

「仕事以外の時間では、私をメロディアと呼んでください」

「未来のフェンリル公爵家の奥方を、呼び捨てになんてできないですよ」

ぴしゃりと返されて、しょんぼりしてしまう。

「しかし――」

「しかし?」

「メロディアさん、でよければ、呼ばせていただきます」

「メロディアさんでも、よい、です」

それでも、嬉しい。

こうして、私とルリさんは、友達になった。ただし、ルリさんの勤務時間外限定であるが。

「よかったです」


その日の夜、ディートリヒ様に呼び出された。

「ああ、メロディア。すまない。ここに、座ってくれ」

ディートリヒ様はそう言って、自らの膝をポンポンと叩《たた》く。相変わらず、着席を勧める位置がおかしい。

ディートリヒ様の申し出は無視して、隣に腰掛ける。

「メロディア、座るのはそこではないぞ」

「ここで結構ですので、用件をお聞かせください」

「今宵《こよい》もつれないな。まあ、そこが大変よいのだが」

ここでようやく、本題へと移る。

「ギルバートの結婚相手を探していてな」

「そういえば、そろそろお年頃ですね」

「そうなのだ。私は亡き父の代わりに、ギルバートの結婚相手を選定しなければならない」

テーブルの上に積み上げられているのは、婚約者候補の女性の身上書のようだ。

「これ、百冊くらいありそうですね」

「百八冊ある」

人間の煩悩と同じ数の身上書が、届けられたらしい。

「私は、他の者の感情には疎いのだが――ギルバートは、その、結婚したい相手がいるのではないかと思って」

「あら、そうなのですか？」

狼魔女との戦いのときに、ギルバート様は好意を寄せる相手はいないと話していた。

「ギルバートは、相手への気持ちを、狼魔女を倒すまで断っていたのだと思う」

「ああ、なるほど」

ストイックなギルバート様らしい理由だ。

「それで、ギルバート様が想《おも》いを寄せているのは、どなたなのでしょうか？」

「メロディアの侍女だ」

「ルリさん、ですか!?」

「ああ」

ギルバート様がルリさんを連れてきたとき、ついに結婚相手を見つけてきたと勘違いするほどだったという。

「ギルバートは他人に感情を見せない男なのだが、珍しく、彼女を連れてきたときはソワソワしておったのだ。けれど、メロディアの侍女にすると言いだして、拍子抜けしていたのだが――」

狼魔女を倒した今、妻として迎えてもいいのではないかと、ディートリヒ様は考えているらしい。

「そこで、メロディアにお願いがあるのだが」

「なんでしょう?」

「双方に、結婚の意思があるかどうか、聞いてきてくれないだろうか」

「私が、ルリさんとギルバート様に、お互いどう思っているのか聞いてこい、と?」

「ああ」

ギルバート様とルリさんが並ぶ様子を想像してみる。なんだか、とてつもなくお似合いだと思ってしまった。

「私は、ギルバートに無理な結婚を強いたくない。メロディアの侍女に対してもだ。彼女は、その、わけありで――」

「はい、昨日、ルリさんから聞きました」

「そうであったか。知っての通り、気の毒な娘なのだ」

ギルバート様とルリさん、双方が結婚を望むのであれば、婚姻を結ばせたい。ディートリヒ様はそう思っているという。

「私がギルバートに聞いたら、決定したものとして受け入れるだろう。メロディアの侍女もまた然《しか》り。だから、やんわりと、世間話の延長みたいな感じで聞いてきてほしい」

「承知しました」

重大任務である。しっかり調査をしてこなくては。

そんなわけで、さっそくギルバート様をお茶に誘った。以前から聞きたいことがあったので、ついでに聞き出そうという魂胆である。

もちろん、同行してもらう侍女はルリさん以外で。ディートリヒ様と婚約を結んでから、侍女が増えたのだ。ルリさんは侍女頭として、立派に働いている。

「それで、魔道具について、聞きたいことがあると?」

「あ、はい」

魔道具というのは、魔法の力を用いて使用する道具の名称である。ギルバート様は魔道具に精通していて、フェンリル騎士隊の調査にも使っているのだ。

催眠状態にして真実を引き出す振り子に、意識を飛ばす魔法の弾が込められた麻酔銃、魔力を込めると剣の形へ転ずる仕込み杖など。

「私が騎士隊に入って、初めての給料で買った品なのですが、使い方がまったくわからなくて」

テーブルの上に置いたのは、ガラスで作られた偽物の宝石が塡《は》め込まれたオルゴールである。

「こちらは、どこで購入されたのです?」

「ガラクタ市です」

「ガラクタ市?」

「はい。半年に一度、中央広場で行われる、家にある不要品を売る催しです」

「そんなものがあるのですね」

店主曰《いわ》く、「壊れたオルゴールだが、小物入れとして使えるだろう」ということで、激安価格で購入したのだ。

「店主が話していたとおり、巻き鍵を使ってぜんまいを巻いても、振っても、叩いても音一つ鳴らなかったのですが、つい最近、オルゴールの底に古代文字が刻まれているのに気づきまして」

「ああ、本当ですね」

ただ、すり切れていて上手く読めない。そんなわけで、オルゴールは今も正しい使い方がわからずにいる。

「かなり古い魔道具みたいですね」

「ええ」

ギルバート様は眼鏡のブリッジを押し上げつつ、真剣な眼差《まなざ》しをオルゴールに向けている。

「これは……！」

その言葉を最後に、ギルバート様はしばらく喋らなくなる。途中でハッとしたかと思えば、ポケットから手袋を取り出して嵌《は》めていた。

銅貨三枚で買ったオルゴールなので、指紋などは気にしなくてもいいのに。

「メロディアさん、このオルゴール、ちょっといじっても大丈夫ですか？」

「はい、問題ありません」

「ありがとうございます」

ギルバート様はオルゴールをひっくり返し、底に爪を立てる。パキンという音とともに、底が外れた。

「ああ、なるほど」

「何か、わかったのですか？」

「はい。ここに、魔石を填め込んで、動かすようです」

「そうだったのですね！」

魔石というのは、魔力が込められた石である。灯《あか》りを点《つ》けたり、かまどの火にしたりと、生活になくてはならない物なのだ。

使用人が持ってきた魔石を填め込み、底を閉める。巻き鍵を横にある穴に差し込んでくるくる巻くと、手応えとともにカチャリ、カチャリという音が聞こえた。

「底にある古代文字を、断片的に読んでみたのですが、どうやらこれは、過去の記憶を映像として映し出す魔道具みたいです」

「ええっ！　そんなすごい効果が！」

「記憶を思い浮かべながら、巻き鍵を巻くと、再現されるようですよ。ほら――」

ギルバート様がオルゴールの蓋を開くと、フルモッフ時代のディートリヒ様の姿が浮かんだ。

ぶんぶんと尻尾を振る先には、私の姿があった。

「わっ、これ、すごいですね！」

「ええ。魔道具の蒐集家《しゅうしゅうか》に見せたら、きっと一生遊んで暮らせるほどの金額で買い取らせてくれと、言ってくると思います」

「そんな貴重な品なのですか？」

「ええ。古代に作られた、魔道具のようです」

「古代の!?」

蓋に嵌め込まれているガラスの石は、今はもう採掘できない貴重な宝石らしい。

「この宝石だけでも、かなりの価値があります」

「そんな、たいそうなお品だったのですね。私、これを銅貨三枚で買ったのですが」

ギルバート様は眉間に皺《しわ》を寄せ、額を押さえている。

「使い方がわからない者の手に、わたっていたようですね」

「ええ……」

「とんでもない大発見ですよ。これを魔法学会で発表したら、時の人になれます」

「もしかして、博物館クラスのお品なのでしょうか?」

「間違いないです」

私も、なんだか手袋を嵌めないとオルゴールに触れてはいけない気がしてきた。今まで散々、素手でベタベタ触っていたわけだが。

「大切に、しないとですね」

「え?」

ギルバート様の言葉に、目が点になる。

「どうしたのですか?」

「いえ、これは、国に寄贈しなくても、いいのかな、と。これによって、国の魔法文化が、解明されるのでは?」

現在、魔法の多くは伝承が途絶している。そうすれば、古代に作られた魔道具から、さまざまな情報を引き出せるだろう。

「別に、しなくてもいいですよ。メロディアさんの私物ですし。これまで大事にしてきた品だということは、見て取れます。それに、これがあれば、家族との思い出を、いつでも見られるでしょう？」

「あ——！」

そうだ。これを使ったら、いつでもお父さんやお母さんに会える。

なんだか嬉しくなって、感極まってしまった。

「ありがとうございます。ギルバート様に、相談して、よかったです」

「お役に立てて、何よりですよ」

ギルバート様は本当に優しい。改めて、ディートリヒ様の傍《そば》にギルバート様がいてくれてよかったと、心から思った。

「では、私はこれで」

「ちょ、ちょっと待ってください！」

「まだ、何か用が？」

「いえ、用はないのですが——」

本題は魔道具ではない。ギルバート様に、探りを入れることなのだ。

「ま、まだ、お茶も、飲んでいないでしょう？」

「あ、そうですが、あまり長い時間メロディアさんといると、兄がよく思わないだろうと」

「いえいえ、大丈夫です！　もう少しだけ、お話ししましょう」

「メロディアさんがそこまで言うのならば」

侍女が新しいお茶を用意してくれる。オルゴールに夢中になっている間に、すっかり冷めてしまったようだ。

「ギルバート様は、その、最近は、お休みの日はどのようにお過ごしになっているのですか？」

「魔道具の本を読んだり、仕事で使う物の手入れをしたり、自分で作ってみたり、ですかね」

「魔道具を、作られているのですか？」

「ええ。簡単な物ですが」

「す、すごいです！」

眩《まぶ》しくない魔石灯や、本の自動頁捲《ページめく》り器など、本格的な魔道具を作っているようだ。

「趣味レベルではないですね」

「趣味レベルですよ」

そんなことを言っていたが、ギルバート様は嬉しそうだった。普段はクールだが、思いがけず可愛いところを発見してしまう。

「なるほど。お休みは、かなり充実されているようですね。あとは結婚を、という感じですが、その辺は何か、お考えなのですか？」

我ながら、上手い会話の流れだと思う。笑いそうになったので、紅茶を飲んでごまかした。

「結婚ですか？　兄上が探してきた相手と、結婚するだけです」

「えっと、どんな女性がいいとか、考えたことは？」

「ないですね」

きっぱり返される。

ギルバート様がルリさんを気に入っていて、フェンリル家に連れてきた、なんてロマンチックな展開にはならない。私は恋愛小説の読み過ぎのようだ。

「ただ――」

「ただ？」

「敢《あ》えて挙げるとしたら、物静かで、落ち着いていて、夫婦であっても一定の距離を保ってくれるような、女性がいいですね」

心の中で、私は叫んだ。それって、ルリさんのことだよね!?　と。

実は、私はギルバート様のある行動を目撃していた。ここにやってきたとき、私の背後にいる侍女を見て、僅かに落胆するような反応を見せたのだ。

それは一瞬で、端からは無反応に見えただろう。けれど、毎日ギルバート様の無表情を見ている私は、些細《ささい》な変化も見逃さない。

先ほどまでは勘違いかも、なんて思っていたが、今なら言える。ギルバート様は、ルリさんでなくてガッカリしていたのだと。

きっと彼はとことん禁欲的で、自分の望みを極力外に出さないようにしているのだろう。

兄であるディートリヒ様が狼魔女の呪いで獣と化した上に、若くして公爵家を継ぐこととなった。そのため、ギルバート様はご自分のことを後回しにしていたのだろう。

ギルバート様の気持ちは察した。あとは、ルリさんがどう思っているかだろう。

しばらく会話を楽しみ、ほどよいタイミングで別れる。

「ありがとうございました。では、また」

スッと立ち上がり、なるべく優雅に見えるような会釈をしてこの場を去る。

今、ルリさんは休憩時間だ。彼女には遠回しの質問で探るのではなく、はっきり聞いたほうがいい。侍女の休憩所で休むルリさんに、直撃した。

「あの、ルリさん、今、お時間大丈夫でしょうか?」

「ええ。お着替えですか? それとも、お風呂に?」

「いえ、ルリさんにお聞きしたいことがありまして」

「なんでしょうか?」

外に漏れないよう、小さな声で問いかける。

「あの、もしも、ギルバート様と結婚することになったら、どう思いますか?」

「はい?」

「ギルバート様とルリさんが、結婚できるとしたら、どう思いますか?」

ルリさんは数秒、目を見開いたまま硬直していた。が、すぐに我に返って答える。

「ありえないです。私は、犯罪者に嫁いだ女ですよ。ギルバート様と、結婚なんてできるほど、面の皮は厚くありません」

そんなことを言いきったルリさんの頬は、真っ赤だった。ギルバート様への気持ちが見て取れる。

「どうして、そんなことを聞くのですか？」

「なんとなくです。ごめんなさい」

そう言って、休憩所から去った。その足で、ディートリヒ様に伝えに行った。

「――というわけでした」

「なるほど。素直になっていないだけで、両思いだったと」

「はい。お二人とも、自分のことは後回しにするタイプなので、強引に押し進めたほうがいいかなと」

「わかった。すぐに、二人を呼んで話をしよう」

ギルバート様とルリさんは呼び出され、ディートリヒ様の口から結婚について命じられる。

「そんなわけで、結婚するように」

「兄上、そんな、急に言われましても――！」

普段冷静なギルバート様が、明らかに動揺していた。兄の決めた結婚相手ならば、受け入れると言っていたのに。

一方で、ルリさんは銅像のように固まっている。大丈夫なのか。

「もちろん、強制的に結婚させるつもりはない。双方が合意するならば、という条件を付ける。尚《なお》、この結婚が成立しなかった場合は、ルリ・シェルティを余所《よそ》の男に嫁がせる」

最後の一言が効いたのだろう。ギルバート様はすぐさま「お受けします」と決意を口にした。

一方で、ルリさんはまだ、覚悟ができていないようだった。

「私は一度、他の男性に、嫁いだ身です。そんな女が、ギルバート様と、結婚するなど」

ギルバート様はルリさんの手を握り、まっすぐな瞳で気持ちを伝える。

「私は、結婚するならば、あなたがいいと思っていました。結婚してください」

「わ、私、が？」

「はい。初めてお会いしたときの、意志の強い瞳に、惹《ひ》かれていたのかもしれません」

初めてお会いしたというのは、ルリさんが伯爵にナイフで襲われたときだろう。そんなときに見初めるなんて……。さすが、ディートリヒ様の弟だと思ってしまう。

「どうか、私の妻になってください」

ルリさんは眦《まなじり》に涙を浮かべ、コクリと頷いた。

ギルバート様とルリさんは、婚約を結んだ。幸せそうな二人を見て、ディートリヒ様は「いいことをしたな！」と満足げだった。

どうかお幸せにと、言わずにはいられない。

お似合いのカップルの誕生に、私の心までもが満たされた。

番外編　本日は晴天、ピクニック日和！

狼《おおかみ》魔女の騒動から一年が経《た》った。私とディートリヒ様は、紅葉が美しい湖のほとりにやってきていた。

「ディートリヒ様、今年も綺麗《きれい》ですね」

「ああ」

ディートリヒ様は私の肩を抱き、しばし景色に見とれる。

「一年前は獣と化した姿だったのに、人の姿でこの地に足を運べたことを、心から嬉《うれ》しく思う」

「ですね」

私はお弁当をディートリヒ様と食べるのを楽しみにしていたのに、ディートリヒ様はどこかへと走り去ってしまったのだ。

「あのときは、誰かに食事の様子を見られるのが恥ずかしくて。メロディアには、申し訳ないことをしたなと」

「いえ、今ではいい思い出です」

今日は釣りをするために、いろいろ道具を持ってきたのだ。

ディートリヒ様と一緒に湖のほとりに腰掛け、美しい水面に釣り糸を垂らす。

「メロディアは、釣りができるのだな」

「ええ。父と一緒に、しておりました」

「私もだ」

私も、ディートリヒ様も、釣りをするのは子どものとき以来である。果たして、釣れるのか。

湖の水面には、紅葉がそっくりそのまま映し出されていた。夢のような光景である。

そんな湖に、波紋が広がった。ディートリヒ様の釣り竿《つざお》の先端が、くんとしなる。

「きたな！」

タイミングを見計らい、竿を引いた。すると、大きな魚が水上に跳ねる。

「わっ、大きな魚です」

「逃がすか！」

ディートリヒ様は立ち上がり、竿を引く。かなり大きな魚なので、抵抗する力が強いようだ。

従僕がやってきて、立派な掬《すく》い網を構える。

浅瀬のほうへ引き寄せるのと同時に、従僕が魚を掬ってくれた。

「やったぞ！」

釣り糸を握って持ち上げようとしたが、ブツリと切れてしまった。それほど、大きな魚だったのだ。

「水中で糸が切れなくて、よかったですね」

「ああ。危なかった」

釣った魚は、殺菌作用のある葉っぱに包んで持ち帰る。夕食のメインにしてもらうようだ。楽しみである。

ちょうどお昼になったので、ディートリヒ様と並んで食べた。

「実は、今日のお弁当、私とルリさんで作ったのです」

「メロディアの手作りなのか？　それはすばらしい！」

母のレシピを使って、当時ピクニックに持って行っていたお弁当を再現したのだ。

卵のサンドイッチに、串焼き肉、野菜のひき肉詰めに、チーズ入りのオムレツを作った。

「では、いただこうか」

「はい！」

ドキドキしながら、ディートリヒ様が卵サンドを食べるのを見守る。

「ふむ。世界一うまいな！」

「よかったです」

ホッと胸をなで下ろしながら、卵サンドを頬張る。

「どうだ？」

「世界一おいしいです！」

「だろう？」

美しい景色と、おいしいお弁当、それから隣にディートリヒ様がいる。これ以上、幸せなことはないだろう。

お弁当を食べたあとは、静かに紅葉を眺める。

「ディートリヒ様、ありがとうございます」

「なんの礼だ？」

「私を、見初めてくれたことに対する、お礼です」

「だったら、私も感謝しないといけないな。メロディア、この世に生まれてきてくれて、ありがとう」

「大げさですね」

しばし見つめ合っていたが、ディートリヒ様がそっと私の肩を引き寄せる。

「私は、メロディアを世界一愛している」

「私も、です」

そっと目を閉じたら、軽く啄《ついば》むようなキスをされた。

家族を事故で失い、独りぼっちだった。けれど、私はディートリヒ様と出会えたのだ。

ありえないくらいの幸運に、感謝する。

幸せな日々は、いつまでも、いつまでも続くのだった。

あとがき

こんにちは、江本マシメサです。

このたびは、『フェンリル騎士隊のたぐいまれなるモフモフ事情　～異動先の上司が犬でした～』をお手に取っていただき、まことにありがとうございました。

こちらの作品は、『第6回オーバーラップ小説大賞』で金賞をいただいた作品となります。

去年の二月から小説家になろうで連載されていた作品なのですが、一年間、書籍化のオファーがありませんでした。

なんたって、主人公のメロディアは狼《おおかみ》！　相手役のディートリヒは犬！　設定が、尖《とが》りすぎていたのでしょう。

当時はもふもふものはサイト内で流行っていなかったのも、オファーがなかった理由かなと。

今ではもふもふブーム真っ只中《ただなか》なので、一年出すのが早かったんだな……と思っております。

そんな作品が、コンテストに応募したら金賞をいただけたので、感動もひとしおでした。

選考してくださった審査員の皆様には、深く、深く感謝しております。ありがとうございました。

話は変わりまして。

フェンリル騎士隊～が発売しましたのは、今年の四月に創刊したばかりの『オーバーラップノベルスf』という女性向けのレーベルです。

恋と魔法をテーマに、さまざまな作品が刊行されております。私も何冊か読ませていただきましたが、ドキドキワクワク、それから癒やしと、楽しい物語ばかりでした。ぜひとも、お手に取っていただけたら嬉《うれ》しく思います。

ここで、謝辞を。イラストを担当してくださったしの先生。全力で可愛いメロディアや、最強にもふもふカッコイイディートリヒなど、すばらしいキャラの数々を仕上げていただき、ありがとうございました。表紙も、大変すてきでした。またどこかでご縁がありましたら、嬉しく思います。

そして、担当してくださった編集様をはじめとする、オーバーラップノベルスｆ編集部の皆様。作品をよい方向へと導いてくださり、感謝の気持ちでいっぱいです。このご恩は、忘れません。

他にも、刊行までにかかわってくださったすべての方に、感謝を申し上げます。ありがとうございました。

最後になりましたが、読者様へ。

お楽しみいただけましたでしょうか？　またどこかで作品を通してお会いできたら、嬉しく思います。この度は、本当にありがとうございました。

江本マシメサ

フェンリル騎士隊のたぐいまれなるモフモフ事情
~異動先の上司が犬でした~

発行 2020年7月25日 初版第一刷発行

著者 江本マシメサ
イラスト しの
発行者 永田勝治
発行所 株式会社オーバーラップ
〒141-0031 東京都品川区西五反田7-9-5
校正・DTP 株式会社鷗来堂
印刷・製本 大日本印刷株式会社

ISBN 978-4-86554-705-4 C0093

【オーバーラップ カスタマーサポート】
電話 03-6219-0850
受付時間 10時~18時(土日祝日をのぞく)

作品のご感想、ファンレターをお待ちしています
あて先:〒141-0031 東京都品川区西五反田7-9-5 SGテラス5階 オーバーラップ編集部
「江本マシメサ」先生係/「しの」先生係

スマホ、PCからWEBアンケートにご協力ください

アンケートにご協力いただいた方には、下記スペシャルコンテンツをプレゼントします。
★本書イラストの「無料壁紙」 ★毎月10名様に抽選で「図書カード(1000円分)」

公式HPもしくは左記の二次元バーコードまたはURLよりアクセスしてください。
▶ https://over-lap.co.jp/865547054
※スマートフォンとPCからのアクセスにのみ対応しております。
※サイトへのアクセスや登録時に発生する通信費等はご負担ください。

オーバーラップノベルスf公式HP ▶ https://over-lap.co.jp/lnv/